GOBOOKS & SITAK GROUP©

GOBOOKS
& SITAK
GROUP©

三日月書版

三日月書版

焚情熾
情熾
三日月書版
BL022
墨竹——著

目次

楔子 009
第一章 021
第二章 035
第三章 053
第四章 072

第五章 086
第六章 109
第七章 132
第八章 152
第九章 170
第十章 189
番外 藏器以待時・上 205

楔子

自有天地，陰陽相長，靈氣生息凝聚成形，萬物得以化生。

至上古時，水神共工與火神祝融爭奪天地共主之位，世間神族紛紛依附二人，漸呈兩族相峙之勢。

水族盤踞東海，火族居於南天，干戈殺伐，生息繁衍，往復征戰。此種局面延續多年，直到……

東海，千水之城。

「赤皇大人，每次你一來，我這宮外就會變成千水之城裡人最多的地方。」

「大皇子說這話，是不是希望我以後別再來了？」

「赤皇大人，你可不要冤枉我。」奇練笑吟吟地看著眼前一身紅衣的熾翼，「您這樣的稀客屈尊駕臨，我開心還來不及呢！」

「要不是我父皇最近一直嘮叨，我又怎麼會來這裡？」熾翼抬了抬眉毛，「這裡一天到晚水汽騰騰，衣服都黏在身上，你就不覺得難受？」

「東海自然不比南天，我也不是火族。」奇練把手裡的茶水放了下來，「說正經的吧，你真的不打算娶回舞嗎？神族之中人人皆知，她自小對你痴心一片，可是打定了主意要做赤皇妃。」

「回舞是我妹妹。」

「純血最是可貴，你們鳳凰一族本就子嗣稀少，祝融聖君他……」

「我若是不願意，他又能把我怎樣？」熾翼撐著下頷，斜靠在椅背上。

「不然，你直接在我這裡挑一個？反正，這裡的每一個女人，大概都想嫁給你。」

奇練意有所指地朝他眨了眨眼睛。

「水族？我不要。」熾翼俐落地回絕。

「為什麼？」

「水族的女人，大多是半龍或者蛇族。我討厭軟綿綿沒有骨頭，長長一條又喜歡爬來爬去的東西！」

奇練僵住了，「這形容……也太……」

「水族女子容貌倒是秀美，可萬一哪天她不小心現出原形，我一定會吐上一整天。」想想就夠噁心了。

「我們龍族很少有純正的龍女，至少這幾千年裡是不會有了。」

「我要是娶了一條龍回去，那倒是有趣得很！」

奇練想了想，點頭贊同。

「終歸只是說笑。」熾翼揚起嘴角，「我父皇近來雖沒有什麼動作，對東海這邊可是依然掛在心上。再說，你家水神大人，又怎麼肯把少見的龍女嫁到火族？」

「那當然是……」奇練皺起了眉頭。

「我的意思是，奇練，幸好你沒有妹妹，否則你的下場一定比我慘上百倍！」整個水族裡有誰敢違逆共工？要是共工開口，奇練肯定連說「不」的機會都沒有。

「你！」奇練跳了起來。

熾翼挑起長長的眼角，笑得有點惡毒。

「算了。」奇練苦笑，只能走過去給他倒茶。

「奇練。」

「什麼事？」

「你養什麼動物了？」

「動物？」奇練驚訝地說，「沒有啊！」

「那，這隻是什麼東西？」熾翼從桌子底下拎出一樣東西來，「他一直趴在我的腿上，還啃了我很久。」

「太淵？」奇練終於看清了那隻，不，是那個被熾翼拎著衣領在半空晃的小小嬰兒。

「認識的？」那個小東西一直試圖接近，熾翼單手把他拎遠了一點。

「你小心點，這是我七弟太淵。」奇練試圖從熾翼手上將人抱走，可他那個弟弟，居然拚命掙扎起來，猛把他的手往外推。

熾翼興味盎然地看著這一幕。

奇練狼狽地說：「你千萬別鬆手，慢慢把他放下來就好了。」

「這是你的新弟弟？你家水神大人的動作挺快。只要他努力些，說不定過兩、三千年，你們一堆龍撲過來，整個棲梧就被壓垮了。」熾翼轉了轉手腕，把那小東西的臉轉過來。

「咦？這傢伙挺可愛的，和你還有你家水神大人都不太像呢。」

那小東西安靜下來，居然還對熾翼笑了。

「太淵是半龍，只有一百多歲，還是不穩定期，很容易夭折。那些女官是怎麼回事，居然讓他一個人亂跑！」奇練又生氣又擔心。

「我看他挺健康的。」熾翼看了看自己衣服下襬那一大灘的口水印，「居然會自己找東西吃了，而且很有眼光！」

「赤皇大人，他是個孩子，不是什麼可愛的動物。」奇練無奈地嘆了口氣，覺得他又會有叫人吃驚的古怪念頭了。

果然，熾翼接著說：「把他給我帶回去養吧！」

「這是不可能的。」奇練覺得頭痛起來。

「不然，讓他自己決定好了。」熾翼把小東西放到地上，「小東西，你要跟我回去嗎？」

幾乎是立刻，那叫作「太淵」的小東西撲了過來，抱住他的腿。

「你看，他想跟我回去。」熾翼抬高腿，把他勾到半空，看得奇練出了一身冷汗。

小小的太淵居然絲毫不害怕，咧著嘴一直笑，還順勢爬到了熾翼大腿上。

「不過，赤皇大人，你真的想好了嗎？」奇練突然笑了起來。

「想什麼？我的赤皇宮還怕找不到地方養這個小傢伙？」

這時，小東西已經爬到了他的身上，正在輕輕碰觸他右邊頸項上鮮豔奪目的印記。

「怎麼了，小東西，喜歡我的赤皇印？等我們回去，我幫你畫一個好不好？」

「赤皇大人，你好像忘記了，半龍是……軟綿綿的……」

熾翼就要碰到那小東西的手指停在了半空。

「要是哪天他一不小心……」

「我突然想起來，我還有事情沒辦。」熾翼兩隻手指一拎，把那小東西扔給了一旁的奇練。他從椅子上跳了起來，滿臉不自在地說：「我要走了，把這隻看好！」

熾翼長袖一展，霎時不見了蹤影。

奇練看他匆匆忙忙落荒而逃的樣子，忍不住笑了出來，等他再低下頭，卻愣住了。

被他摟在胸前的太淵，呆呆地看著熾翼消失的方向，抽噎著哭了出來。

「太淵，你別哭啊！」奇練手忙腳亂，「你怎麼哭了？」

這樣一說，太淵居然哭得更大聲了。

「哎呀！怎麼說哭就哭，不過就是……被熾翼丟下了嘛！」

一千年後，不周山。

「大皇兄，你說，我們的勝算有多少？」他緊張地看著眼前混亂的戰局。

「你別管了，小心地跟著我。要是被父皇發現你偷偷跟來，你就麻煩了！」奇練瞪了他一眼。

「哦。」他扁了扁嘴。

奇練嘆了口氣。

「太淵，真有勇氣！」一旁的孤虹朝他使了個眼色。

「謝謝六皇兄。」太淵小聲地回答。

這時，場中發生了巨大的變化。

「赤皇終於出手了。」孤虹看了看奇練，「大皇兄，父皇說過，要是赤皇出手，你就不要出陣了，由叔父他……」

「父皇多慮了，我雖然和熾翼有過往來，但兩軍陣前，又怎會為此退縮？」奇練皺起了眉。

「大皇兄不要誤會，父皇是怕熾翼法力高強，萬一大皇兄有什麼……」

奇練此刻已經衝到陣前，和熾翼說了幾句，兩人就動起了手。

「六皇兄，那個人，就是火族的赤皇嗎？」太淵一邊關注著下方激烈的戰事，一邊問身旁的孤虹。

「是啊！火族和我們交好的時候，他倒是常來千水城，你大皇兄和他關係一向不錯。」

「真的嗎？」太淵遠遠地看著那個站在火鳳背上，衣帶飄搖的火紅身影。有一瞬，迷惑於那種華美的風姿，「赤皇……很威風呢！」

「火族現在和我們開戰，赤皇熾翼是火族中僅次於祝融的人物，甚至在某方面來說，他才是火族中最難纏的一個。太淵，這話我聽聽也就算了，父皇的性子你又不是不知道，有些話能放在心裡，就別說出口。」孤虹慎重地囑咐。

「六皇兄，我有分寸。」太淵頓了一頓，又說：「你放心吧！再怎麼說，除了大皇兄和你，我和其他幾位皇兄一樣只是半龍，太淵很清楚自己的身分。」

孤虹聞言愕然地看著他。

這時，場中形勢突變。

熾翼窺到了破綻，手腕上的火環穿過防護，直擊奇練胸口。奇練悶哼一聲，吐出一口鮮血，從雲端摔了下去。

水族人人色變。

只見共工身邊閃出一道白影，追上了急墜的奇練，在半空中將他一把拉住。直到停了下來，才看見那人黑髮白衣，神情有如冰雪。就算是救到了人，也沒見他面上有分毫表情。

太淵吁了口氣，但一口氣還沒有吐完，一股力道忽地從身後湧來，讓他身不由己往前衝了出去。

正下方，正是戰場的中心。

「太淵！」

他同時聽見了好幾聲驚呼。眼前是各種混亂的法力形成的氣流，他一時茫然無措，只能呆呆地撞了過去。

千鈞一髮之際，一條紅色的長鞭捲住了他的腰，他整個人被從旁拖開，躲過了屍骨無存的下場。

太淵受到了驚嚇，直到遠離危險，還是沒能立刻回過神來。

「怎麼，嚇傻了？」一個帶著笑意的聲音在耳邊響起。

他回過頭來，看見了滿目的紅色。

這人……這個人……有一雙狹長深邃的眼睛，這雙眼睛裡面，像是蘊藏了整個東海的水色，一片瀲灩波光，足以沉溺一切……

「太淵？」那人側過頭，火紅鳳羽做成的冠冕緊貼著他一絲不亂的鬢角，帶出傲然的意味，「水族是沒人了嗎，連小孩子也派上戰場？」

他的頸上有著鮮紅的刻印，直延伸到衣領之中。

那是赤皇的刻印！

太淵忍不住往後退卻，這才發現，自己正和火族赤皇共同待在一隻巨大火鳳的背上。

赤皇是神族中數一數二的強者，他只要動一動指頭，就能讓自己……

「我想想，距上次見面，有一千年了嗎？」熾翼突然笑了。

被他笑得心慌意亂，太淵只能防備地瞪大眼睛。

「小孩子來戰場做什麼？這裡可不好玩。」熾翼摸了摸緊貼著鬢角的那一縷紅色頭髮。

「我……不是小孩子……」太淵想要反駁，卻發現自己在他面前沒辦法把話說得鏗鏘有力。

「喜歡天青色嗎？」熾翼來了興致，根本不管另一邊正交戰得如火如荼。

「什麼？」

「我剛剛看到你的時候就覺得，你一定很適合天青色。」熾翼嘆了口氣。

「熾翼，做得很好。」這時，火族陣營之中傳出了一個聲音，「快把共工的兒子帶過來。」

「父皇，我自有主張。」熾翼頭也沒回，敷衍地回了一句。

對戰的雙方，都因為熾翼一句話，起了極大的騷動。

赤皇只是說了一句話……

「下次，別再這麼不小心。」熾翼恍如未覺，朝他笑了笑，「至少，你要知道，什麼地方是你不應該站的。」

太淵還在思考這句話的意思，熾翼手一揚，他被凌空托起，轉眼回到了水族勢力的護衛之中。

他驚訝地望向另一頭那道飛揚的紅色身影，竟彷彿能看見赤皇正帶笑看著自己。

赤皇……熾翼！

這是太淵記憶中第一次相見，熾翼給他的感覺，就如同那個閃耀著光芒的名字。

火紅的、燃燒著的……光華萬丈的羽翼……

1

南天，棲梧城。

「赤皇大人！赤皇大人！」侍官氣喘吁吁地跑上了高聳入雲的棲鳳臺。

聽到這令人厭煩的叫聲，熾翼皺眉推開了侍從遞來的弓箭。

「赤皇……赤皇大人恕罪！」匆匆忙忙跑來的人被他臉上的不快嚇了一跳，急忙拜倒在了地上。

熾翼揮了揮手，讓身旁的侍從牽開火鳳。

「打擾了赤皇大人出獵，實在罪該萬死！」跑來攔他的侍官嚇出了一頭冷汗。

「說吧，又是怎麼回事？」他語氣不善地問道。

「是聖君……聖君他正在殿上發火，化雷大人要我請您過去。」

「又發火？」他冷哼了一聲，「這回又是為了什麼？」

「這……水族的使者送來婚書……聖君閱後，不知為何就在殿上大發雷霆。」

「婚書？共工手腳倒是不慢。」他閉了下眼睛，知道今天別想順心了，「來人！替我更衣！」

熾翼緩步走入大殿，位列左右的群臣見他終於來了，低著的臉上不由得露出鬆了一口氣的表情。

走到大殿中央時，他抬起頭，用一種懶洋洋的口氣說道：「父皇，您又是在為了什麼不開心啊？」

「你自己看吧！」見他進來後終於停下怒吼的祝融，把手裡抓著的雪白絲絹丟到了地上。

侍官急忙拾起，一路跑下高臺，恭敬地遞到熾翼手上。熾翼慢慢展開絲絹，一眼就看完了上面的寥寥數語。

「這……」他訝異地挑起了眉，「共工答應了親事，這不是很好嗎？」

「好？有什麼好的！」祝融惱怒至極，用力地踢翻了身旁的鎏金香鼎，「他居然敢這麼藐視我火族！」

「父皇！您少安毋躁。」熾翼掃過兩旁臣下，皺起了眉，「恕我愚鈍，是您先提出求親，用姻親關係鞏固雙方的停戰，共工現在應允了，那您是為了什麼而生氣？」

「你……」這簡直是在明知故問，祝融才不信他不知道自己的用意，「你沒看到嗎？共工居然要他最小的兒子娶我火族公主，豈不明擺著要我火族顏面掃地！」

「父皇，您先別氣。」熾翼把絲絹遞給了身邊的人，慢吞吞地走上高臺。

看他走近，祝融咳了一聲，坐回皇座。

「要我來說……」走到高臺之上的熾翼稍微壓低了聲音，「父皇要嫁的不也是最小的女兒？共工讓最小的兒子迎娶，不算太過失禮。」

「這算什麼！」祝融煩躁地說著：「紅綃怎麼說也是我的女兒，怎麼能讓她嫁給一個連名字都沒聽過的皇子？」

「父皇原本屬意的人選，不知是共工的哪位皇子？」

「就算不是奇練，也至少應是另一位嫡子。那條狡猾的水蛇，居然想占我這麼大的便宜！」祝融說得咬牙切齒。

「嫡子？」他揚起眉毛，「蒼王孤虹？」

祝融自知情急之下一時失言，連忙轉過頭去，避開了他的目光。

「不行！」熾翼提高了聲音，四下正聚精會神想要聽見他們談話的人皆是一震，「其他人誰都可以，但你居然要動孤虹的腦筋？絕對不行！」

「好了！」祝融頓覺臉上無光，「我知道你對孤虹素無好感，可我這麼做，也是為了大局著想。」

「大局？」熾翼冷笑一聲，「父皇，您就沒有多想一想？孤虹能統率水族大軍，多年來與我平分秋色，難道只因為他是共工的嫡子？」

「我明白你的意思。」祝融一臉不悅，「不論智謀才略，水族的皇子之中，就屬孤虹最為出眾，大皇子奇練除了身為長子，無一處可以與他相比。紅綃如若能嫁給他，日後我助他登上水神之位……」

「您還真是深謀遠慮！」熾翼揉了揉額角，突然覺得無話可說，也不想再說，「現在共工並沒有讓孤虹娶紅綃的念頭，您說該怎麼辦才好？」

「我絕不會讓紅綃嫁給那個什麼皇子。」祝融朝他說著：「事到如今，就開誠布公地和共工明說，除非孤虹，其他皇子不在考慮之列。熾翼，你在我火族中算是首屈一指的人物……這事就交給你了！」

又來了！

熾翼眼角一跳，心裡沒忍住，狠狠地罵了句髒話。

「父皇，與水族和親是您提起的，當時可曾問了我的意見？這些事，我好像從頭到尾都沒有參與其中。」他心中生怒，臉上還是笑了出來，「怎麼到了現在，又要讓我插手這些攸關兩族未來的大事？若是爭戰動武我可以效力，但這種事交由我辦，不會擔心難以成事嗎？」

他一邊笑，一邊環顧四周。

被他看到的某些人不由得低下了頭，沒想到連私下的諫言都被知道得一清二楚，心裡一陣緊張。

「你和奇練向來交好，這件事通過奇練，自然好辦許多。」祝融不自在地看了看四周噤聲不語的臣下，「總之，這件事就這麼決定了！你這幾日就去千水之城，把這事辦妥。」

「父皇……」

「怎麼，我說話你都不聽了嗎？」祝融衣袖一揮，下了定論，「就這樣決定！」

看著祝融匆匆離開大殿的背影，熾翼帶著微笑，一手撫上了自己左鬢那一縷豔紅色的頭髮。

「就這樣決定了？」他點著頭，「很好，真是好極了！」

四下眾臣交換目光，都在對方眼中看到了畏懼。

真是糟糕！看來赤皇這次真是氣得不輕……

「赤皇大人……」

步出大殿的熾翼聽到這個怯生生的聲音，停了下來。

「紅綃？」他驚訝地看著自己最小的妹妹。

「紅綃見過赤皇大人。」紅綃朝他行了個禮。

看出紅綃有話要說的樣子，熾翼舉手揮退了侍從。

「這麼見外做什麼？我不是和妳說了，妳可以和回舞一樣叫我皇兄。」他對著紅綃笑了笑，「妳也是我的皇妹，怎麼學那些屬臣叫我大人呢？」

「這……赤皇大人……」

「皇兄！」熾翼的語氣並不嚴厲，但自有一種讓人臣服的意味。

「皇兄在族中地位尊貴，紅綃不過是庶出，哪裡敢直呼您為皇兄呢？」紅綃還略帶著一絲稚氣的臉上笑得有些勉強。

「是誰說的？」他有些不悅，隨即想到了什麼，「又是回舞？」

「不，不是皇姐！是我自知不配……」紅綃急切地說，「赤皇大人千萬不要誤會了！」

「她……」一想到那個「皇妹」，熾翼就覺得頭痛，「算了，不提那些。妳來找我有什麼事？」

「我……」紅綃咬著嘴唇。

「是為了婚事吧！」他想了想，問道：「紅綃，妳是不是不想嫁去水族？」

「不是不是！」被太過直接的問法嚇到了，紅綃連忙擺手，「我絕對沒有不嫁的意思！」

「怕什麼？紅綃，若是不想嫁，妳大可說出來。」他皺起眉，「妳不想嫁是應該的，要是換了我，只怕會一把火燒了這棲梧城，看可還有人敢做這種無聊事！」

「紅綃真的沒有這個意思。」紅綃低下了頭。

整個火族之中，敢說出這種話的，恐怕也只有赤皇……

「紅綃，永遠被別人操縱在手裡，那樣活著有什麼意義？」

紅綃一震，抬起頭來看著他。

「想哭就哭，想笑就笑，心隨意動，無可束縛，這樣才不枉一生。」

這一刻，在紅綃眼裡的赤皇，眉目中一片狂放傲然，紅衣飄搖，羽冠飛揚，說不出地英姿颯爽。

她終於明白，為什麼回舞會對赤皇痴戀至此。這樣的赤皇，如何不讓人生出追逐之意？

自由、狂傲，那是天地間最美麗耀眼的火焰……

「放心吧，也許未必如妳想的那麼糟糕。」看她神情茫然，熾翼只當她是心裡沒底，「其實，嫁去水族也未必是件壞事。」

紅綃回過神來，點了點頭，臉卻有些紅了。

「父皇屬意孤虹……我不否認孤虹十分出色，可是這個人實在太過驕傲自負，誰也不在他的眼裡。妳要是嫁給他，恐怕不是什麼美好姻緣。」他嘆了口氣，「與其選他，我倒覺得共工提出的人選要好上很多。太淵我也見過，性格似乎相當單純，和妳極為相配。」

「可是……」紅綃低聲說：「我聽說父皇這次要赤皇大人去水族……」

「再怎麼說，妳總是我的妹妹，我不會不考慮妳的將來。」他拍了拍紅綃垂著的頭，「別擔心了，我自有辦法。」

若是有一天水火兩族戰火重燃，按照孤虹的性格，犧牲一個妻子，斷不是什麼難事……太淵的話，應該不會的。

想起那個看起來眼神一片清澈的孩子，熾翼忍不住彎起了嘴角。

太淵啊……

東海，千水之城。

「太淵，你有沒有聽我說啊！」

站在窗邊的少年回過頭來，俊秀的臉上掛著溫和的笑容：「有啊！母后。」

碧漪看著已漸成人的兒子，輕聲嘆了口氣。

「母后您何故嘆氣？」太淵走了過來，坐到她的身邊。

「你父皇讓你迎娶火族的公主，也不知道有多少人在背後看我們的笑話。」碧漪美麗的臉上露出一絲淒然，「我們和火族不知能停戰多久，你娶了她，一旦再次交戰……我們母子在水族中恐怕是難以立足了。」

「母后，您總是喜歡胡思亂想。」太淵笑著搖頭，「說不定這次聯姻以後，我們和火族就能一直和平共處了。」

「你真這麼想？」碧漪無奈地說：「你什麼時候聽說水火可以相容的？這種事，連我這種不諳世事的女人都知道。這次聯姻，不過是多年征戰之後，雙方需要一個休養的機會。自天地成水火兩勢，我們兩族還不是戰了和，和了戰？」

「我倒覺得，爭鬥總有結束的一天。」太淵安慰她，「只要我們大家都有平息干戈的心，就真的可以不再鬥了。其實，我們在東，火族在南，中間隔了這麼大的地方，完全沒有必要相爭啊！」

「唉，我怎麼生了這麼一個兒子。」碧漪一邊嘆氣一邊搖頭，「怪不得你父皇不喜歡你，你真的一點都不像他。」

「無妨，反正皇兄們個個比我能幹！有那個時間啊，我倒寧願……」

「去山裡找些罕見的蘭花！」碧漪搶在他前面說了出來。

太淵笑了。

碧漪苦笑著問：「太淵，你什麼時候才能長大？」

「我不小了。」太淵說：「是您一直把我當小孩子。」

「說真的，我不希望你父皇這麼快就為你安排婚事，可是你也知道，我在你父皇面前根本說不上話。」碧漪黯然神傷，「我能得到帝后的頭銜，也不過是龍后仙逝，其他妃子們的背後各有勢力，你父皇才封了最沒有背景又剛巧懷孕的我為后。誰都知道，我不過是頂著虛名……」

「母后，您總是喜歡胡思亂想，所以才會悶悶不樂。」太淵看著她的眼睛，溫和地笑著，「這回聯姻，我不覺得有什麼不好。我以前就跟您說過，我要娶這世上最溫柔美麗的女子為妃。聽說火族的那位公主溫柔端莊，說不定這段姻緣是天賜的好事。我一旦娶了她，火族和我們就是姻親，也許就不會再有戰爭了。那還有什麼好憂慮的？」

「真能這樣才好，否則的話……」碧漪忍不住又嘆了口氣。

「好了，母后，別擔心。既然已經決定了，就要多往好處想。」

「嗯！」碧漪點了點頭。

「您好好歇著吧，我不打擾了。」幫母親披好衣服，太淵拿起一早準備好的東西就要出門。

「你又要去雲夢山？」碧漪對他說：「真要找什麼稀有的蘭花，讓底下人去就好了啊！」

「物之珍貴，就是在於尋求的過程。」太淵留下這句話，行完禮走了出去。

「帝后，七皇子呢？」太淵前腳離開，碧漪的貼身女官依妍就走了進來。

「去雲夢山了。」碧漪問：「妳找他？有事嗎？」

「不……」依妍臉上的表情顯得有些奇怪。

「有什麼事？」碧漪皺起了眉，「又沒有其他人在，妳快說啊！」

「帝后，聽說火族那邊派了……赤皇……來商談婚事，還說很快就要到了……」依妍說得吞吞吐吐。

「赤皇？」碧漪渾身一震，「是……赤皇熾……熾……」

「是的，正是熾翼大人。」

「他、他要來了？」碧漪的臉上霎時血色全無。

「帝后，您怎麼了？您別嚇我啊！」依妍看她搖搖欲墜的樣子，連忙跑過來扶住了她，「來人！」

「沒事！我沒事！」碧漪制止了她，「只是……只是太過突然，我……我一時之間……」

「帝后，都過了這麼久，您怎麼……」依妍咬著嘴唇，說不下去了。

「很久嗎？依妍，有多久了？」

「已經過去快要一千年了！」依妍扶著她坐好，為她倒了杯水，「您早該把那些事忘了，再怎麼說，您貴為水族帝后，而他是火族赤皇……」

「忘記？妳以為我不想忘記嗎？」碧漪淒然一笑，「當年的事，完全是我的錯，可是依妍，我常常一閉上眼睛，就像是能看到他……到現在，我還是覺得……」

「帝后！」依妍打斷了她，「您別想了！想這些事做什麼呢？」

「不想……」碧漪愣然地回答：「能不想的話……」

「您還沒見到人，才聽到名字就成了這個樣子，要是他站在您面前……」依妍憂心忡忡地問：「您能擔保不被別人看出來？」

碧漪目光一滯。

「熾翼大人是灑脫的人物，他當年對您說了要忘掉一切，就肯定能做到。就算再見，他一定會將您視為陌路之人。」依妍勸告著，「帝后您也應該看開些，就算不得不見面，也千萬不能把心情表露出來。」

「形同陌路……他……會這麼殘忍嗎？」想到他到時會有的模樣，碧漪眼圈一紅。

「不是殘忍。」依妍無力地嘆了口氣，「帝后，您到現在還不明白那是多麼危險的事情嗎？熾翼大人可以當機立斷，您為何這麼久了都沒有辦法清醒過來？」

碧漪沒有回答，只是痴痴地坐著。

「您好好考慮一下吧。」依妍知道說得再多，帝后也聽不進去了。

多麼久了？距離上次見到他的那一天。

那時候的他，還是少年模樣，卻已經無法讓人移開視線，直到今天……

碧漪痴然的目光望向窗外，窗外紅霞滿天，宛如烈火在燒。

2

雲夢山。

傳說，雲夢山腳下的煩惱海是埋葬萬物創者盤古的地方，所以，一切諸神的法力，在這裡都無法使用。

太淵站在靠近山巔的一處絕崖上，探頭朝下看了看。

離他腳下不遠，生長著一株他從未見過的蘭花，而崖底，是一片寧靜水面。

那就是煩惱海，可以沉溺一切事物的煩惱海。

太淵覺得有些兩難，可他並沒有猶豫太久，就做出了決定。

就如同他一直相信的那樣，這個世上，沒有不須付出代價就能得到的東西。越是珍貴，就需要付出越多，那麼，當你最終得到的時候，那種珍貴的感覺就會無比強烈。

沒有什麼是得不到的，只看你願不願意付出……

當太淵攀下絕崖，當他的手即將碰到那青翠欲滴的根莖時，他的心開始急速地跳動。他幾乎可以肯定，這將是他所收集到，最美麗也最罕見的一株蘭花。

這個時候，腳下的石塊突然鬆動，太淵還沒反應過來，石塊離開了崖壁，他來不及抓住任何東西，就跟著一起往下墜去。

不可能的……

在身體飛快墜落的時候，太淵的腦海裡不知道為什麼有一種預感。

他不會死在這裡。

突然腰間一緊，下墜的感覺猛地停住了。然後，隨著力道加大，他開始一圈一圈翻滾著往上升起。

太淵被轉得頭昏眼花，只知道自己最後落進了一個柔軟的地方，暈眩的視線裡……紅色……豔麗得如同火焰。

緊接著，他聽到了一個聲音。

「你好像總是出現在不該出現的地方。」

這個聲音給太淵一種異常熟悉的感覺。

狂傲、飛揚……這是誰的聲音？

「怎麼了？嚇傻了嗎？」

視線漸漸清晰，那抹紅色非但沒有暗淡，反而鮮明得讓他的心跳忽地停頓。

「太淵。」

聽到了自己的名字，太淵一個激靈，思緒完全清醒了過來。他抬起頭，找到了那雙眼睛，瀲灩著東海的水色，令人屏息的雙眼……

「不認識我了嗎？」那人把紅色的鞭子一圈一圈地纏回手腕，居高臨下地看著他，「記性不會這麼差吧！」

「你……」太淵慢慢站了起來，不可置信地看著眼前紅衣飛揚的人影，「你怎麼會……」

說到這裡，腳下突然一個起伏，他沒有防備，直直地朝前跌了過去。

跌進了一片火紅！

一股淡淡的氣息鑽進了他的鼻子，他忍不住深吸了一口氣，然後，胸口就像火燒一樣地痛，那一口氣怎麼也吐不出來。

好似，有火在燒……

「冒冒失失的，真是一點也沒變！」貼著他臉頰的地方震動著，混雜著平穩的心跳，讓他胸口的疼痛突然之間又平復了下來。

熾翼驚訝地看著這個靠在自己胸口動也不動的小傢伙。

難道是嚇傻了？這可不行！紅綃還等著嫁他呢！

「太淵！」想到這層，他連忙低頭問，「你沒事吧？」

太淵像是被驚嚇了一樣遠遠跳開。

「做什麼？」熾翼皺起了眉，覺得這個一驚一乍的小傢伙實在古怪。

「你是赤皇……」太淵喃喃地說著，一手滑過自己的臉，感覺到有些發燙。

紅色的絲綢繡著鳳凰圖案，在陽光下閃得刺眼，迎著風，輕薄的外衣無法抑制地招展著，如同華美的羽翼在空中飛翔。金絲和鳳羽做成的髮冠纏繞著束起了黑色的長髮，火紅的鳳羽緊貼著一側臉頰，列成了如翅的形狀。

豔麗、張揚、肆無忌憚，彷彿什麼都無法阻擋。那是……火族的赤皇……

「不然你以為我是誰？」熾翼勾起嘴角，越來越覺得這個孩子很有趣。

「你怎麼會在這裡？」太淵忍不住後退，「你怎麼會在雲夢山？」

「小心。」熾翼還沒回答，就看見太淵退得太過，差點摔下火鳳，急忙伸手抓住了他。

停止搖晃的太淵驚魂未定地看著身下不斷變幻的流雲，又回過頭來看著抓住他手臂的熾翼。

「真是冒失的小傢伙。」熾翼挑起眼角，取笑了一聲。

「我……不是冒失的……小傢伙……」太淵無力地反駁。

「不冒失？」熾翼把他拖過來，讓他站穩才鬆開手，「那為什麼我們每次見面，你不是摔跤就是跌倒呢？」

「我不是小傢伙！」太淵低下頭，不悅地辯駁著。

熾翼一愣，重新打量眼前幾乎已經擺脫了青澀的少年，笑容又加深了幾分，「可是對我來說，你還是個小傢伙。」

太淵知道這話一點不假。說到年紀，熾翼比奇練大上許多，甚至可能接近於他的父皇水神共工。和他相比，自己的確如同稚子一般。

但是不知道為什麼，一被他喊作小傢伙，心裡就覺得不太舒服。也許是因為他的語氣，有些輕佻，有些狂妄，彷彿一切都只是他一時興起的消遣。

「太淵見過赤皇大人。」太淵退了一步，恭恭敬敬地行了個禮。

「現在看來，你倒是中規中矩。」熾翼語氣裡的疑惑顯得有些誇張，「可是剛才，我看你好像沒這麼有禮貌啊？」

被這麼一說，太淵愣愣地抬起頭來看他，熾翼終於忍不住笑了出來。

「好了，太淵。」他一邊笑一邊說：「在我面前，不必這麼客氣。」

「是……」太淵回答得有些遲疑。

「你剛才就是為了那個，才做這麼危險的事？」熾翼朝他方才失足的地方看去。峭壁上，一株雪白的蘭花極為醒目

「那株蘭花，是我從沒見過的品種。」太淵也看著，目光中充滿著戀戀不捨。

熾翼看了看他，緊接著，腳下的火鳳突然轉了方向，差點害得太淵再次跌倒。

等太淵重新站穩，他們已經回到了離崖邊不遠的地方。他剛想開口詢問，只覺得眼前紅影一閃，熾翼竟然離開了火鳳的背上！

他不由得有些吃驚，因為這個地方不能使用法術，也就是說，哪怕是最簡單的飛

行，也是做不到的。

來不及多想，他只能看著熾翼跳過了少說一丈的距離，一手攀住了凸出的石頭，火紅的身影就這麼懸在半空，左右搖晃著。

「赤皇！」他目瞪口呆地看著這個行事古怪的人，不明白他為什麼這麼做。

熾翼踩住另一塊石頭穩住身形，然後伸手將那株蘭花連著根，從崖壁上掘了出來。

「太淵！」

太淵還沒從震驚裡恢復過來，就看見有東西朝自己飛近，本能地抓到了手裡。等到手心裡一陣火辣辣地痛，才看清那是赤皇慣用的紅色鞭子。

「抓住！」熾翼拉直鞭子，腳尖一點，藉著力往火鳳的背上跳去。

鞭子上傳來拉扯的力道，太淵急忙用力抓緊。紅衣飄揚的赤皇，就像一隻紅蝶，翩翩然地飛了回來。

「好香的蘭花。」熾翼落到他面前，手裡拿著那株蘭花，低頭聞著。

「赤皇……您這是……」

「拿去吧。」熾翼把花遞給太淵。

太淵愣愣地看著他。

「你不是想要嗎？」熾翼見他又呆呆的，好笑地問：「難道你不願要我給的東西？」

「不是！」太淵急忙伸出了雙手。

「受傷了？」熾翼看著他手上的血痕，「被我的鞭子劃破了？」

「沒什麼的！」太淵從他的手裡接過蘭花，「多謝赤皇大人幫我採來了這株蘭花。」

「你還真是有禮貌……」熾翼側過頭看著他的手，然後一把抓了過來。

「大人！」太淵嚇了一跳，另一隻手裡的蘭花差點掉下去。

「出血了。」熾翼抓著太淵的手腕，把手翻來覆去地看著，「怎麼這麼不小心？」

「大人說得是。」太淵笑了笑。

這赤皇果然就像傳聞中那樣，任意妄為、狂傲驕橫，永遠也不知道他下一刻會做出什麼事來。

果然，下一刻，太淵就看見熾翼拉開了腰上的金色飾帶。

「大人……您……」他覺得自己可能永遠都沒有辦法適應這種多變難測的性格。

「別說話。」

他只能閉上嘴，看著熾翼把飾帶一圈圈繞在他的手掌上。

熾翼的手抓著他的指尖，炙熱的溫度就從指尖處傳遞了過來。

火族的體溫……都這麼熱嗎？還是因為是赤皇，是火族中地位僅次於祝融，最難以戰勝的神將？煩惱海無法施術，要是剛才……如果鬆開了手……

「要是你剛才鬆開手，這世上也許就再沒有赤皇這一號人物了。」

太淵一凜，瞪大眼睛看著沒有抬頭的熾翼。

「好了！」熾翼終於幫他把手包好，「等離開煩惱海，再施術治療就行了！」

太淵的心還是在跳，為了剛才那句絕對不是錯覺的話。

「可以左右無數他人命運的感覺很不錯吧！」敞開的紗衣在熾翼身後飄揚，他的臉上還是那種滿不在乎的張狂笑容，「一念之間，任何人都有機會改變自己和別人的命運。」

太淵很清楚他的意思。要是鬆開手，要是赤皇死了……一切……就將徹底改變。可改變，帶來的會是什麼？

「改變，也許是壞，也許是好。在一切沒有改變之前，任何人都無法斷定它的結果。」

太淵大吃一驚。

難道赤皇能看透別人的心思？

「我看不透別人的心思，不過……你把什麼都寫在眼睛裡給我看了，我又怎麼會不知道？」熾翼看他呆呆愣愣的樣子，大聲笑了出來。

張狂的笑聲在雲端迴盪。

「太淵，或者是我們有緣。」熾翼像是不經意地說了一句，走向鳳首的方向。

太淵的心，卻為了這幾句話，驀地急跳了起來。

明明看出了他的心思，居然只是用這麼輕描淡寫的話帶了過去……赤皇的心，就像他的性格一樣，讓人無法捉摸。

「千水之城。」低沉的聲音隨著風傳進了太淵的耳朵。

太淵走上前，和他並肩而立，遙望著遠處隱約可見的白色城池。

「太淵……你母后……她可還好？」

太淵一愣，過了一刻才反應過來。

「母后？」他忍不住轉過頭，看著問出這個奇怪問題的赤皇，「我母后……她過得很好。」

「是嗎？」熾翼淡淡地笑了笑，「那就好。」

從這以後，太淵的腦海裡就會常常映出這幅畫面。只要想到赤皇，第一個想到的，不再是紅衣飛揚的凜冽風姿，而是這個帶著一絲黯然的笑容。

黯然？

太淵不明白，自己為什麼會從赤皇身上聯想到這個詞語，不論是華美，是絢麗，是光芒奪目也好，但黯然……

「怎麼了？」

直到聽見赤皇問他，他才發現自己不知不覺之間抓住了赤皇的衣袖。

「是坐不慣這火鳳吧！」熾翼反手抓住了他的手臂，「別擔心，只要別踩到牠的鳳冠，牠就會飛得很穩。」

兩個人不可避免地靠得很近，近到能夠聞到赤皇身上淡淡的味道。

如果火焰也有香味……大概就是如此吧……

「抓緊，我們要下去了。」熾翼回過頭，笑著說，「別又摔下去了。」

接下來，太淵只知道風聲在耳邊掠過，或許是因為這種不熟悉的急速飛行，他的心也跳快了幾拍。

「別怕。」也許是看出了他的緊張，熾翼在他耳邊安慰著他，「我抓著你呢！」

東海上，層層濕冷的雲霧貼著太淵的身體飛掠而過，但在這個人的身邊……總覺得，胸口就像有火在燒……

「赤皇大人到了！」

「火族的赤皇大人到了！」

低沉綿延的號角聲在千水之城上空迴盪，巨大的火鳳從雲霄直衝而下，清亮的長鳴聲裡，穩穩地落到了臨時設好的平臺之上。

「恭迎赤皇大人！」等候在一旁的眾人紛紛彎腰行禮。

火鳳最後拍擊了一下翅膀，柔順地趴伏了下來。

「大人，您終於到了！」化雷看見從火鳳背上走下來的紅色人影，不禁鬆了口氣。

先前赤皇大人一聲不響地離開隊伍，不知所蹤，實在是讓他大傷腦筋，就怕這位大人突然之間改變主意，或者有了什麼奇怪的念頭。

還好，總算是來了！

「大人……他是……」迎上前的化雷看見跟著赤皇從火鳳上下來的青衣少年，不免有些吃驚。

這又是什麼人，竟能和赤皇同乘一騎？

「這是水族的七皇子。」熾翼看了看太淵，似笑非笑地說，「我和七皇子在雲夢山巧遇，就結伴回來了。」

「原來是七皇子，真是失禮了！」化雷急忙朝太淵行禮，「我是火族的化雷，在族中司掌禮樂祭祀。」

「化雷大人不必多禮。」太淵有些尷尬，他現在的樣子，實在是不像什麼「皇子」。

「七皇子？」陪在一旁的水族侍官驚訝地走近一身狼狽的太淵，「您出城去了嗎？」

太淵胡亂點了頭。

「熾翼哥哥！」這個時候，帶著喜悅的喊聲傳了過來。

眾人回頭望去，只看見一個水紅色的身影飛快地跑上平臺，一下子撲到了赤皇懷裡。

清雅脫俗的容貌，卻有著成熟嫵媚的風情，兩種截然不同的感覺揉合到了一起。驚鴻一瞥之下，也說不清她是成熟或者清雅，只知道，這絕對是一個美麗無雙的女子。

「熾翼哥哥，你去哪裡了？」這個美麗的女子摟著熾翼的腰，在他的懷裡抬起頭，臉上流露出一絲惹人憐惜的幽怨，「怎麼不說一聲就走了？」

「我這不是到了？」熾翼臉上的笑容淡了些，長長的眼角挑了起來。

「熾翼哥哥！」那女子咬著自己的嘴唇，委屈地把臉埋進了他的胸口。

「回舞。」熾翼拉開她，「不許沒規矩。」

「熾……」

「妳喊我什麼？」熾翼微仰起頭，悠悠地問。

「皇、皇兄……」女子瑟縮了一下，沒敢再靠過去，低垂的臉上滿是受傷的表情。

太淵訝異地看著眼前這一幕。

這個女子是赤皇的妹妹？那她不就是火族公主？可是，她對赤皇……赤皇對她……感覺怎麼有些奇怪？

再看看周圍的人，好像大家都不覺得奇怪的樣子，難道說，是自己胡亂多心了？

「嗯。」看到回舞乖乖聽話，熾翼應了一聲，「這裡是千水之城，不是棲梧，不許在外人面前鬧笑話，聽到了嗎？」

「可是皇兄，我又沒有……」在接觸到熾翼的目光時，回舞反駁的勇氣全失，

「是……我知道了。」

「知道了就好。」熾翼對她笑了一笑，刻意忽略她目光中的哀憐。

「大人！」化雷這個時候湊了上來，「水神帝君大人正在等您呢，您看是不是……」

「自然是要去見一見帝君！」熾翼才走兩步，突然又停了下來。

他回過頭，看著站在一邊的太淵。

模樣狼狽的太淵捧著一朵蘭花站在那裡，看起來還是好傻！

笑聲抑制不住地從嘴裡流瀉了出來，熾翼一邊笑，一邊走了回去，直到捂住嘴咳了兩聲，才止住了笑意。

還莫名所以的時候，太淵的手又被抓了起來，他只覺得手心一涼，裹在那裡的金色飾帶就被一下子抽走了。抬起頭，赤皇早已轉身，毫不停留地離開了。

太淵收攏已經完好無缺的手掌，不明白為什麼胸口也像手心一樣，覺得有些微涼。

「太淵。」

他的心驀地一跳，急忙再次地抬起頭，看到赤皇在平臺那頭停了下來，正看著自己。

「太淵，要好好照顧它啊！」

太淵順著他的目光，看到了自己手裡拿著的那株雪白蘭花。

「真是有趣！」張揚的笑聲中，紅色的身影終於消失在了臺階之下。

然後，笑聲遠去，四周突然變得很安靜，空蕩蕩的，心裡……也空蕩蕩的……

「那個公主……」太淵低頭看著手裡的蘭花，輕聲地說著。

「七皇子，您不用擔心。」一旁的侍官接過了話，「那不是紅綃公主，而是回舞公主。」

「她……為什麼對赤皇好像……」說到這裡，他覺得自己有些失言，連忙不再問下去。

「關於回舞公主和赤皇大人啊！」侍官笑了起來，「這件事倒不是什麼祕密，早就是火族之中的趣聞了。」

「趣聞？」太淵抬起了眉毛，「什麼趣聞？」

「據說回舞公主自小就愛慕赤皇大人，立誓要嫁他為妻。」侍官笑著回答，「火神有意要撮合他們，可是赤皇大人好像根本沒有那個意思，婚事一直拖著不肯答應。偏巧這位公主特別纏人，赤皇大人到哪裡，她總是跟著，這種場面也就常常能夠見到了。」

「原來如此。」

赤皇……沒有要娶她為妻的意思……

「七皇子，您是要去……」

「我要趕緊去把這株蘭花種上。」太淵抱著蘭花跑了起來。

「七皇子！您等一下！帝后剛才派人到處……」侍官才說了開頭，眼前就不見了太淵的影子。

「不就是一朵花？」侍官想不通地自言自語，「也不需要那麼高興吧！」

從來沒見過七皇子笑得那麼開心……

「太淵！太淵！」

太淵從花圃中直起身子。

「母后？」他訝異地看著自己向來端莊的母親，幾乎是……失態地跑了過來。

「你怎麼還在這裡！」要不是怕弄髒衣服，碧漪恐怕會親自跑進花圃裡。

「這是……」看了看跟在母親後面跑來的依妍，太淵一臉茫然，「出了什麼事嗎？」

「赤皇來了，我……」

「咳！」依妍重重地咳了一聲。

「赤皇？」太淵拍打著手上的泥土，「他是來了，可是……這又是要……」

「回七皇子，赤皇大人來訪正是為了您的婚事，您和帝后理應上殿。」依妍舉起手裡的衣物，「還請七皇子盡速更衣，前往大殿。」

「是嗎？」太淵走出花圃，「既然如此，我這就去梳洗。」

「去吧！」碧漪恢復了往常的端莊姿態，點了點頭，「不能讓你父皇和貴客久等。」

太淵微皺了下眉頭，欲言又止。

母后她……

3

「帝后到！」

「七皇子到！」

太淵跟在碧漪之後，走過長長的迴廊，步入了金碧輝煌的大殿。

「帝后和太淵來了啊！」

「見過帝君。」

太淵跟著眾人跪了下去，嘴裡說著：「參見父皇。」

「起來吧。」

「謝帝君！」

太淵抬起頭來，正巧又對上了那雙似笑非笑的眼睛。

「這就是我的七子太淵。」斜靠在皇位上的水族帝君共工，笑著問坐在一旁的熾翼，「要是我記得沒錯，你們應該認識？」

「帝君記得半點不差。」熾翼也彎起了嘴角，站起來朝他們行了個禮，「火族熾翼見過帝后，見過七皇子。」

「赤皇大人……免禮。」碧漪的聲音一顫。

「多謝帝后，還有……七皇子。」然後，熾翼笑吟吟地朝著正盯著他不放的太淵眨了一下眼睛，把他嚇了一跳。

「啊！是！」

天知道熾翼用了多大的力氣才克制住沒有笑出來。

這傻小子！這麼大聲回答……

「哈哈哈哈！」一旁有人笑出了聲音，「太淵，何須如此緊張？」

這麼一說，殿上的人多多少少忍不住笑了出來，就連共工也搖頭失笑，太淵恨不得立刻找個地洞鑽下去。

「好了，孤虹，你就不要總是開他玩笑了。」太淵的大皇兄奇練照例出來幫他解圍，「你又不是不知道，太淵凡事喜歡認真。」

「大皇兄，你不是一樣護他？」一身白衣的蒼王孤虹一手撐著下頷，整個人前傾著靠在扶手上，俊美非凡的臉上帶著慣有的笑容，「你對太淵這麼疼愛，同樣是兄弟的我，會覺得不是滋味啊！」

「孤虹！」奇練無奈地看了他一眼，卻因為他的笑容心多跳了一拍，急忙轉頭不再多看。

「太淵。」熾翼朝太淵走了過去，站在他的面前，「如果是你，我是放心的。」

雙手被抓進了熾翼纖長有力的手中，太淵瞪大了眼睛。

「太淵，答應我要好好對待紅綃。」熾翼的眼睛裡有著他從未見過的認真，「你是個好孩子，她也是，沒有什麼比這更好的了。」

「熾……」

一雙塗著紅色蔻丹的手放在了他們交握的手上，太淵覺得赤皇握著他的手竟是一緊，驚愕地抬起了頭，他先是看見了自己母親臉上的表情。

太淵從懂事以來，就時常能在母后臉上見到這種複雜的表情，思念、喜悅、怨恨……懷念……

他急忙掉頭看向赤皇。

熾翼的臉上沒有特別的表情，只是笑容有些淡了。

「帝后。」熾翼恭敬有禮地說，「您放心吧，紅綃和太淵極為相配。」

「是……我……我沒有不放心。」碧漪意識到了自己的失態，收回了手，在華麗的衣袖裡緊握成拳。

「是啊！碧漪，妳也不要總把太淵當成長不大的孩子。」皇座上的共工發了話，「妳就是太寵他了。」

「是的，帝君。」碧漪邊走向共工，邊回頭看了一眼。

熾翼也正抬起眼角看了過去。

太淵看見了，那交會於一處的眼神……他的心狠狠一沉！

母后和赤皇！他們認識……而且他們甚至……他們……

「怎麼了？」

他回過神，見到赤皇狹長美麗的眼睛裡清晰地映出了自己的樣子。他呼吸一頓，連忙鬆開了不知什麼時候反抓進掌心的那雙手。

「小傻瓜！」熾翼眼尖地看到了他指甲裡沒有來得及清洗乾淨的泥土，輕笑著壓低了聲音在他耳邊說著，「蘭花……種好了吧！」

「大皇兄。」太淵輕輕叩了叩門。

「太淵？」奇練抬起頭看到了他，於是招呼他進來。

「打擾大皇兄了。」

「沒什麼，你坐吧。」

「不用了，大皇兄。」奇練正要喊人端茶過來，卻被太淵攔住了，「我只是向你請教一些事。」

「哦？難得你會有事要來問我。」奇練笑著在他身邊坐下，「我還以為七皇子是我水族之中最為博學的奇才，怎麼也有不知道的事？」

「大皇兄，你也學六皇兄取笑我啊！」太淵不好意思地說，「本來我也不想麻煩皇兄，不過因為書庫裡沒有什麼關於火族的記載，我想大皇兄或許能告訴我一些。」

「火族？」奇練訝異地問，「你要問火族的事？」

「是，因為……」太淵有些吞吞吐吐。

「我明白了。」奇練想了想，「你要娶火族的公主，自然要多知道些的。你想問什麼？」

「大皇兄好像和赤皇有過來往，想必比族裡其他人對他更為瞭解。」太淵看著奇練，試探地問道，「據我所知，火族還有其他皇子，為什麼都沒有聽說過他們呢？」

「哦！你是想問，為什麼熾翼如此出眾，連祝融也畏懼他幾分嗎？」奇練笑了笑，「倒也不是因為祝融偏愛這個兒子，只是因為熾翼法力之強，在火族之中無人能及。火族尚武，熾翼在族中的地位自然不言而喻。」

「無人能及？是不是有什麼原因呢？」太淵回想起曾在戰場上見過的熾翼，「我總覺得，赤皇他……和其他人不同。」

「肯定不同。你可知道火族千年涅槃的事？」

「聽說火族直系，每過數千年就須用火焚燬身體，於灰燼之中重生。」太淵回答，「因為火族的肉身並非永存，他們通常只能維持數千年，若不及時重生，很快就會衰竭而亡。」

「不錯。火族和我們不同，據說若是血統不夠純正，不但法力低微，甚至無法點燃涅槃之火。純血的火族女性很少有生育能力，而她們一旦受孕繁衍後代，只會有兩種情形。一是趁著浴火涅槃的時機產下孩子，但這種方法，孩子多半會被母親身上的重生之火灼傷，長大之後法力微弱，甚至及不上其他非直系的火族。」

「那另一種呢？」見奇練停了下來，太淵又問。

「另一種……若是在這個時間以外產子，純血火族都會帶著火焰而生，孩子和母親都難以存活。」

奇練鄭重地說，「熾翼卻是異數。據說他出生時，被形如蓮花的火焰包覆其中，那火焰非同一般，連祝融都無法觸碰，他卻在這種能焚燬一切的火焰中活了下來，法力更是深不可測。而且，涅槃之前是火族力量巔峰之期，其後幾千年將法力大減。熾翼出生至今少說近萬年，但他到現在從未涅槃浴火，力量也無絲毫衰竭之相。」

「這麼說來，赤皇他……」

「太淵，有件事我必須提醒你。」奇練面色更加凝重，「整個火族之中，你甚至可以不把祝融放在眼裡，對熾翼卻絕對不能有任何輕慢。熾翼這人自恃狂傲，性格多變，和他交往如履薄冰。他現在雖然看似偏愛你，但只要一個不對，說不定自此以後連看也不會多看你一眼。不過，你若能一直得到他的偏愛，這次聯姻所帶來的停戰，說不定就能長久不變。」

「也就是說，赤皇對於水火兩族……一樣舉足輕重。」太淵喃喃說著。

「不然，父皇也不會對他這般禮遇。」奇練拍拍他的肩頭，「你忘了，連父皇也曾說過，整個火族之中，最得他欣賞的絕不是祝融，而是熾翼。」

「大皇兄，你和赤皇相熟已久……」

「我是認識了他很久，相熟與否卻不好說。」奇練回想了一下，「應是上次停戰之時，他來往千水之城多次，那一段時間我和他還算說得上話。其實他這人一直是興之所至，心裡未必把我看作朋友。」

「上次……那麼……」

「什麼？」奇練看著他欲言又止的樣子，「你一直追問我關於赤皇的話題，是有什麼事嗎？」

「不！沒什麼！只是我對他有些好奇。」太淵話鋒一轉，不想奇練追問下去，「對了，那個火族的公主，就是跟著赤皇來到城裡的公主，我聽說她想要嫁給赤皇。」

「回舞？那是自然的了。」奇練微笑著說，「在你出生之前，回舞和熾翼的事情已經無人不知，到後來，反倒沒人提起了。」

「這個……說不定……赤皇他另有其他的情人……」

「他有心上人？」奇練一愣，「不可能吧！回舞的善妒和她的美貌同樣聲名遠播，有她在，熾翼頭痛都來不及，哪裡有心思去找什麼情人？」

「赤皇性格如此高傲，一定不會娶她的，可是……怎麼會容得她……」雖然赤皇滿臉冷淡，刻意要和那個公主疏遠的樣子，但是這完全不符合赤皇的為人啊！「赤皇是顧及自己和她終是兄妹，不忍太過直接地拒絕？」

「這你就猜錯了！」奇練忍不住笑了出來，「熾翼向來直接，他要是認真拒絕，也不會拖到今天。」

「怎麼可能？」太淵驀然一愕，「大皇兄的意思……難道說赤皇對那個公主……他是想娶……」

「遲早會娶吧。即便他拖得再久，總是要娶妃。回舞是這一代血統最為純正的公主，也有生育的能力，除了她，赤皇妃沒有其他合適的人選。」奇練站了起來，「回舞任性嬌縱，但始終痴心一片，對他千依百順，我倒是不明白他為什麼寧願承受壓力，到了今天還是不娶？」

「或許，他一直在找時機拒絕？」

「不可能。」奇練自然地放低了聲音，「祝融或許想用回舞綁住熾翼，同樣地，熾翼若想得到火族皇位，就必然要娶回舞。只是這一點，熾翼也不能太過決絕。」

「既然如此，那公主為什麼還要跟到千水之城來？」太淵眸光一閃，「既然她總會嫁給赤皇，還有什麼好擔心的？」

奇練聽了一陣大笑，好久才停了下來：「太淵啊太淵，你來了這麼久，怎麼都沒覺得哪裡不對？」

「不對？」太淵四處張望了一陣，總算察覺了哪裡奇怪，「你宮裡的侍女們……」

「她們偷偷去看熾翼了。每回他來千水之城，都是這般模樣。」奇練嘆了口氣，「回舞其實也很可憐，愛上了熾翼這樣的人，少不了整日提心吊膽。」

「我還是不怎麼明白。」

「太淵，這是因為你還沒愛過人。哪一天你愛上了誰，就會明白了。」

「大皇兄，你能不能說得具體一些？」太淵皺著眉頭，「既然那個公主註定能嫁給赤皇，為什麼還是這麼緊張？」

「因為回舞愛著熾翼啊！她想要一個人獨占熾翼，不讓任何有威脅的人靠近。」奇練想了想，「這個『註定要娶』，並不是回舞最想要的吧！」

「她還想要什麼？」太淵好笑地問：「她不就是為了嫁給赤皇嗎？」

「回舞要的，不是熾翼為了皇位或者血統娶她，而是希望熾翼愛著她，只想和她廝守在一起。」說著說著，奇練的笑容突然有點不自在起來，「所以她才會這麼努力地想要接近熾翼的心，希望熾翼有一天能夠愛上自己。」

奇練轉過身去，而太淵則低下了頭，兩人許久都沒有說話。

「被赤皇愛著……」太淵慢慢抬起了頭，「對她來說，有多重要呢？」

「我們不是回舞，又怎麼知道？但希望愛慕的對象同樣地愛著自己，是每一個人的願望吧。」奇練的語氣竟然帶著一絲苦澀。

太淵沒有注意，但他自己像是察覺到了失態，急忙笑了起來。

「依熾翼那種狂傲的性格，又怎麼會輕易讓自己被這些難以擺脫的情絲縛住？」奇練轉過頭來，「熾翼就像是紅蓮烈火的化身，你可以仰望，可以痴迷，但靠得太近就會被他灼傷。就怕你燒得灰飛煙滅了，也難讓他為你停留片刻。要是你愛上了他……」

「我不會！」太淵開口就是這麼一句。

「我只是打個比方，不是真的在說你，你怎麼這麼容易認真呢？」奇練笑著說：

「太淵，幸好孤虹不在這裡，否則的話，你又會被他取笑了。」

太淵又一次低下了頭，為了自己的失言尷尬不已。

這是怎麼了？明知道皇兄只是順著語氣說話，怎麼就會脫口而出……

匆匆忙忙告別了奇練，太淵心事重重地往自己宮裡走去。

靠近花園的時候，只看見一群群的宮女們兜兜轉轉，想也知道她們在找什麼人。太淵不自覺地避開了這些無頭蒼蠅一樣的女人，往僻靜的竹林間繞行。

繞過竹林，小徑的另一邊就是他的花圃，他放慢腳步，從濃密的樹蔭間往外看去。移植來的雪白蘭花含苞待放，一派風姿綽約。

太淵看著看著，就覺得像是看見了一身紅衣的赤皇站在蘭花旁，笑著說：「不知道什麼時候才能開花啊！」

直到聞見了一絲異樣的香氣，他定睛一看，才發現那並不是什麼幻覺臆想。在那裡站著的，不就是赤皇？

熾翼看著眼前整齊幽雅的花圃，嘴角忍不住向上揚起。

那個看起來內向羞澀的小傢伙，果然很有耐心。

走在鬆軟的泥土上，看著擦過自己紅色紗衣的美麗花草，前一刻還躁然浮動的情緒慢慢靜了下來。轉眼看見了那株白色的小花，熾翼緩步走了過去。

「不知道什麼時候才能開花啊！」他輕笑著說，又想到了那個老是冒冒失失的傢伙。

「皇兄。」幽幽的喊聲在他背後響起。

「回舞，我不是說了，別一直跟著我。」他沒有回頭，淡然地說。

「皇兄，你什麼時候……才能回頭看我一眼呢？」回舞站在他的身後，低頭看著他腳邊的那株蘭花，「你對一朵花都能溫言笑語，為什麼對我永遠這麼生疏？難道，我真的連一朵花也比不上？」

熾翼微微皺了下眉。

「皇兄，我這麼多年一直跟在你的身後，並不是一定要你愛上我。我知道，感情對你來說只是累贅，你志不在此！」回舞盯著他倨傲的背影，眼睛裡滑出了一滴淚水，「我只是希望你能時常回頭看我一眼，別把我當成不得不娶的妹妹，我就滿足了。」

熾翼沒有答話。

「皇兄，我知道你生我的氣，你覺得我不識大體。可你告訴我，我到底該怎麼辦？」回舞垂下了雙肩，低著頭說，「只要看見那些人盯著你看，我就覺得好生氣好生氣！恨不得她們統統去死！我希望皇兄只是我一個人的……」

「回舞。」

回舞抬起了頭，在淚水朦朧之中看見了熾翼耀目的容貌。

「這麼大了，怎麼還像小孩子一樣哭哭啼啼的？」熾翼語氣依舊冷淡，卻抬起指尖，輕柔地拭去了回舞溢出眼眶的淚水，「脾氣也和小時候一樣任性。妳這個樣子，就像個被寵壞的孩子，怎麼能做我的皇妃呢？」

「皇兄……你以前那麼疼我，為什麼……」回舞抓住他的手指，哽咽著問，「為什麼現在這麼討厭我呢？」

「因為那時的回舞，是我的妹妹。」熾翼把手從她的掌心裡抽了出來，「現在的妳，卻希望做我的妻子。」

「可是……可是我們不是一定會……」

「就是這個『一定』，讓我痛恨。」熾翼呼了口氣，「我痛恨這種明知道被操縱，卻又不得不接受的感覺。」

「皇兄，這是我們的緣分啊！」回舞又哭了起來，「你怎麼可以這麼說……」

「所以我知道，我們永遠沒辦法理解對方。」看她為自己哭得淒慘，熾翼終於有些不忍，「這些也不是誰的過錯，我只是還沒有準備好……」

話還沒有說完，回舞就哭著撲進了他的懷裡。

「熾翼哥哥！」

熾翼剛想推開她，卻想到了她年幼時總是這麼喊自己，纏著自己的樣子……明知道她絕不是外表這麼柔順可憐，但想到自己對她確實有些苛待，熾翼也就沒有辦法冷漠地推開她了。

再怎麼說，回舞也是他看著長大的。

從太淵的角度看去，赤皇臉上那種無奈的表情全都落入了他的視線。

赤皇會娶這個公主？那麼狂妄肆意的他還是會委屈自己，去娶一個並不想娶的女人？怎麼會？

皇位？權力？那些東西的誘惑，連這樣的人都無法抵禦嗎？凌駕於眾生之上的感覺，無人能並駕齊驅的感覺……所有人必須仰望，除了這個女人。她會是唯一的，可以和他平視的……

太淵看著依偎在赤皇懷中的那個女人……只覺得……真是可惡！

「是誰？」熾翼拉開回舞，低聲喝道。

那種一瞬間能讓人刺痛的殺意……

「赤皇果然是赤皇，連親熱也挑了這麼個人來人往的地方。」帶著嘲諷的笑聲從花圃的另一頭響起。

「我就說是誰這麼不知趣，原來是蒼王大人。」熾翼揚起了笑容，慢慢轉過了身。

「赤皇大人，你我多年不見了吧！」什麼時候看起來都高貴傲然的蒼王孤虹沿著花圃的小徑，悠閒地走了過來。

「是啊，停戰後我們就沒再見過。」熾翼看著這個在戰場上爭鬥多年的對手，嘴角的笑容裡溢出一絲興味，「也有十多年了。」

孤虹挑著眉角，俊美的臉上露出一抹恨意：「你那次比箭使詐勝我，害得我淪為笑柄，這筆帳我好像還沒和你討啊！」

「那是什麼時候的事了？你還真是愛計較。」熾翼示意回舞站到自己身後，「反正也過去了，算來算去有什麼意思？」

「雖然這些舊事拿出來說顯得我氣量狹隘，但私底下我還是不怎麼服氣。」孤虹也笑了，「反正你也知道我的心胸不是那麼寬廣，我也不在你眼前假裝大方了。」

「你想做什麼？」回舞站在熾翼身後，趾高氣揚地插嘴，「不過就是我皇兄的手下敗將，你這小氣鬼還有臉在這裡大放厥詞？」

「閉嘴！不許無禮！」熾翼回頭瞪了她一眼，「水族蒼王也是妳可以胡亂得罪的嗎？」

回舞被他一罵，立刻噤聲不敢多說。

「我不會在意的。」孤虹看了看他身後的回舞，「火族的回舞公主驕橫跋扈我早就聽說了，只是可憐那個要娶她的男人，這輩子都被這麼個女人纏著，實在是可憐至極。」

「你！」回舞氣急，卻被熾翼的眼神掃過，只能硬生生把火氣壓了下去。

「你的嘴巴還是這麼惡毒。」熾翼傲然一笑，「好了，你想要怎麼和我算，說出來聽聽。」

「若要和你動武，父皇定然不會允我，我也只能退而求其次了。」孤虹嘆了口氣，「我剛剛聽說赤皇你滴酒不沾，我們就比喝酒好了。」

「喝酒？」熾翼眉尖一挑。

「不公平，你知道我皇兄酒量不好！」回舞著急地說道。

「是啊！」孤虹笑著打斷了她，「我就是要他輸得很難看，還是要在所有人的面前。」

「不行！不可以！」

「行不行並非由妳決定。」孤虹看著熾翼，挑釁地說：「赤皇，你敢不敢和我比？」

「喝酒……」熾翼慢吞吞地說：「孤虹，你學聰明了。」

「那麼，今天晚上我設宴招待，請赤皇大人務必賞光。」孤虹轉身就走，邊走邊說：「至於這位公主，我可招待不起，就請自便吧。」

「皇兄！你不會真的和他比吧？」回舞著急地拉著熾翼，「不行！不能和他比喝酒！」

「妳什麼時候見我不敢做什麼事了？」熾翼甩開她，「我還沒有問妳，誰允許妳對孤虹這麼無禮的？」

「是他先……」

「他是什麼人妳難道不知道？水族蒼王是妳可以任意叱喝的？」熾翼冷冷一哼，「他為人心高氣傲，最恨別人折辱他。幸虧不是在眾人面前，否則我也未必保得了妳。」

「哪有這麼嚴重……」

「那妳下次儘管試試。」熾翼一臉不耐，拂袖而去，「不要在我面前就好，省得我回去不好交代。」

「皇兄！」回舞跺了跺腳，匆匆忙忙追了上去。

4

是夜，蒼王宮中高朋滿座，卻是除了樂音之外鴉雀無聲。

水族的皇親重臣分別列席而坐，一個個交換著目光，不敢隨意開口交談。

雪白衣衫上繡著錦繡飛龍，蒼王孤虹玉帶金冠，越發顯得他孤傲不群。

和他並席而坐的正是赤皇熾翼，他照例一身火紅紗衣，相較於蒼王帶著冷淡的孤高自賞，赤皇是更為鮮明濃冽的華美耀目。

這一雪白一火紅，各自是水火兩族的護族神將，也是世上最為出眾的人物，如今坐在一起，一樣是難分軒輊地出色。

赤皇坐在那裡淺淺一笑，舉手投足之間似有光芒閃耀，不知不覺間就吸引了所有的目光。他看了看面前的三個小小酒杯，抬起眉毛望著一旁的孤虹。

孤虹揚起手，樂聲立刻停了下來，列了十幾席的大殿靜得針落可聞。

「這是老五從西面送來的好酒『醒春』，入口清冽，據說到今天為止，還沒有喝過三杯不倒下的。」孤虹舉起了面前的杯子，「我也不難為赤皇大人，只要你和我一樣喝完了這三杯還能走出大殿，我就認輸！那麼，我先乾為敬。」

熾翼微笑著看他把三杯酒喝了下去。

「請吧！」孤虹把最後一個酒杯倒轉過來，示意一滴酒也沒有留下。

熾翼看他喝完酒後，臉上立刻現出紅暈，就知道這酒性之烈，恐怕前所未見。孤虹本是水龍，若是尋常的酒，縱是一江一河也難以讓他顯出醉態，但這小小的三杯「醒春」居然能讓他的臉也紅了……

熾翼不動聲色地環視四周，見到席間多數人都是等著看戲的樣子，知道今天是逃不掉了。

對著桌上的酒杯，他的心裡嘆了口氣。

喝酒……回到棲梧城，倒要查查是誰說漏了嘴！

「怎麼？赤皇若是就此認輸，那就不用喝了吧！省得一會兒倒在我這裡。」孤虹笑著站了起來，「你赤皇的一世英名要是毀在我的手上，我怎麼承受得起呢？」

「蒼王大人真是客氣了。」熾翼拿起酒杯，看著裡面淺淺的碧色酒液，「你用這麼好的酒招待我，我怎能辜負你的美意呢？」

清冽芳香的酒沿著喉嚨滑進胃裡，然後一股燒灼的感覺沿著胸口蔓延開來。一杯酒下肚，赤皇的臉就緋紅一片，等喝完了三杯，他的眼角都已經紅了。

放下酒杯，熾翼扶著椅背站了起來。除了面色比孤虹紅上幾分，他也不像是喝醉了的樣子。

孤虹面色沉了一沉。

「抱歉，恐怕要叫你失望了。」熾翼晃了一晃，連忙抓住身邊的扶手。

「沒想到赤皇大人酒量這麼好。」孤虹笑得有些勉強，「說赤皇大人滴酒不沾，看來完全是謬傳了。」

「滴酒不沾的都不會喝酒？」熾翼拉鬆自己的領口，「這樣想也太過武斷了吧！」

「是。」孤虹冷冷一笑，「不過熾翼大人你可要記得，走出這個門口才算！」

熾翼看著經由臺階通往殿外的路程，深吸了口氣。剛放開手，他就有些暈眩地往一旁踉蹌了幾步，直到抓住了東西才沒有跌倒。

「赤皇大人，你沒事吧！」

他看著手裡抓住的白色衣袖，慢慢抬頭，看到了孤虹得意的笑容。

「多謝蒼王關心。」熾翼定了定神，站直了身子，卻刻意地靠在孤虹的肩上，「看來蒼王你捨不得讓我跌倒啊。」

「你！」孤虹一怒，但想到他是故意的，轉眼又笑了，「是啊，赤皇大人你可要當心呢。」

順著欠身的動作，孤虹退開了幾步。

熾翼眨了一下眼睛，視線裡的一切顯得模糊扭曲。他一步一步地挪下臺階，到了最後一級時一個趔趄，引得跟在他身後的女官們驚呼了一聲，卻礙於孤虹，沒有人敢伸手扶他。

熾翼往一旁歪倒，纏進了縛在庭柱上的金色紗帳之中。一陣輕響，他頭上的髮冠被輕薄纏人的紗帳扯了下來，在地上滾了幾圈，一直滾到了大殿中央。隔了好一會兒，在眾人的注目下，他終於勉強地從紗帳中掙脫了出來。

他走了幾步又停了下來，站直有些無力的身軀，撩起散落的頭髮，大片火紅的赤皇印記從鬆開的領口露了出來，似乎比平時更加紅豔的色澤在他異常白皙的皮膚上迴繞糾纏，別有一種驚心動魄的豔麗之美。

這一回，別說是女官，席上的皇親重臣也不約而同地臉上發起熱來。

這赤皇……實在是太過耀眼……

就在這種驟然多了幾分浮躁的氛圍中，赤皇一步一步地走過殿心，來到了大殿的門旁。終於踏出殿門，他揮開了衝上前攙扶的火族侍官，轉過身看向殿內。

「多謝蒼王款待！」雖然眼前只有一片混亂的色彩，但他完全能夠想像出，此刻孤虹臉上的表情有多難看。

伴隨著張狂的笑聲，熾翼轉身離去。

「該死！」孤虹長袖一揮，案上的東西掃落了一地。

席間眾人看他臉色發青，不約而同將頭低了下去。

蒼王大人和赤皇之間的仇怨，看來是傾盡四海之水，也沖洗不去了！

「大人！赤皇大人！」

蒼王宮外，火族的侍官們追在越走越快的赤皇身後，驚訝地面面相覷。

大人方才還步履不穩，怎麼突然走得這麼快了？

走了好一會兒，終於離開了蒼王的宮殿範圍，赤皇又突然停了下來。

「大人！」侍官們跟著停了下來，「請讓我們扶您回房稍作休憩吧！」

「不必了！」赤皇的聲音有些沙啞，「你們先回去，不論是什麼人問起，就說我睡下了，不許打擾！若是有人膽敢硬闖……殺無赦！」

「是！臣等明白！」侍官們心下一驚，連忙伏低身子，恭敬地回答。

等到他們抬起頭來，只看見赤皇飛天而去的背影。

「大人他……怎麼了？」其中之一問道：「你們有誰知道大人為什麼從不喝酒嗎？」

其他人紛紛搖頭。

赤皇大人的確是滴酒不沾，可到底是為了什麼緣故……

熾翼在空中急速飛行，顧不得自己一身狼狽的樣子，只想找一個無人的所在。

腦海裡一個暈眩，讓他差點從空中跌落下去，他知道已經壓制不住，心裡大為焦急。

眼角突然閃過一抹光亮，他掉頭看去，是一座在樹蔭遮蔽之中的湖泊。看位置，那是花園深處的一個角落，平時少有人經過，在這深夜一定沒有人會在附近。

只要熬過了這一夜……

熾翼打定主意，連忙轉身朝那裡飛去。

不怎麼平穩地飛到那處湖泊上方，他再也堅持不住，整個人直直地往下墜去。

太淵心裡很亂。

他弄不清楚騷亂的根源到底是出自哪裡，自己是一個時刻注重內心平和的人，從有自我意識的那一天開始，他就是這樣。

做不到大皇兄奇練的鋒芒暗藏，更不及六皇兄孤虹的驚才絕豔，他總是試圖讓別人忘記自己——不是因為純血者才能繼位的問題。

他覺得關於這一點，也許根本就不是太大的困擾，至少，絕不是其他人以為的那麼重要。

所以他不會和其他的皇兄一樣，不是遠守在一方地隅，就是用歌舞酒樂磨盡志氣。

他安於現狀，修身養性，是因為他希望這樣。

但現在，他的心裡有些混亂，毫無理由地混亂。

從什麼時候開始的？最近……很近……就是在……

「砰！」

一聲巨響，猛地嚇了太淵一跳。

他直起靠在樹上的身子，朝響聲發出的方向看去。

透過濃密的枝椏樹葉，他只瞧見湖心裡泛著一陣一陣的漣漪，就像有什麼東西落進了湖裡。

這裡是千水之城，會是什麼東西大半夜地落進了湖心？

太淵腳尖一點，飛到了湖心上方。

月光突然被烏雲遮蔽，在天上看了半天也看不出什麼緣故，太淵慢慢地踏足水面，想要仔細地看一看。

就在這個時候，一隻手從水裡面伸了出來，一下子纏上了太淵的腳踝。

太淵大吃一驚，就要往上飛起，沒想到那隻手力氣極大，加上他心裡慌亂，一時之間竟然沒有辦法飛起不說，甚至連他自己也被拖進了水裡。

等身體浸到水裡，太淵反倒冷靜了下來，他睜開眼睛，想要看看到底是什麼東西把自己拖下了水。

滿目一片豔紅。

就在他為眼前的景象吃驚時，那雙把他拖下來的手沿著他的輪廓上移，一下子環住了他的頸項。一股重量往他身上靠了過來，而他的眼睛終於在那一片紅色之外，看到了其他的色彩。

絲絲縷縷的黑色就像要將他吞噬一樣，往他的臉繞了過來。溫潤的觸感一下子貼上了他的嘴唇，熾熱的氣息沿著嘴唇相貼的地方傳遞而上。

他瞪大眼睛，只看見眼前一雙朦朦朧朧的黑眸，就算沒有絲毫光芒折射，這雙黑色的眼睛在暗沉的水面下也是如火一樣燃燒。

太淵不敢遲疑，急忙朝水面上升。

水聲泛起，太淵終於浮上了水面。他游到湖岸邊，直到背靠在青石的臺階，才發現胸口像是被火燒著似地難過。他連忙深吸了幾口氣，緩解胸口燒灼的痛感。

等緩過神，他才想起剛剛在水下看到的……他急忙低頭，看著緊緊抓住自己的那人。

一片火紅，就像是在水下看到的那樣。

那是衣服！

火紅色的紗衣沾了水，成了幾近透明的顏色，黑色長髮和紅紗纏繞在了一起，在水裡沉浮著。

那雙手，還是固執地環繞在自己的脖子上。

「赤皇……」太淵喃喃地說道：「你怎麼會……」

「咳咳！咳咳咳……」趴在他肩上的人猛烈地咳了一陣，嗆出了不少水。

太淵不由自主地拍著他的背，幫他順氣。

「赤皇大人。」等到那人的呼吸恢復正常，太淵又問：「你怎麼會在這裡？」

「誰……」聽起來像是有些迷濛，可那正是赤皇的聲音。

「我是太淵啊！」他覺得有些不對勁，側過頭想要看清楚赤皇的樣子。

這時，月亮從重重烏雲中鑽了出來，灑落的銀輝讓天地一片清明。被水浸濕變得沉重的衣物滑下肩頭，雪白皮膚上鮮血一樣豔紅的圖案如同某種魔咒，吸引了太淵的目光。

赤皇印？這就是紅蓮之火所眷戀的印記……

「太淵？」

太淵一抬眼，就對上了那張近在咫尺的面容。

唇似朱砂，面如桃花，連眼角也是一片嫣紅……他從來沒有想過，赤皇會是現在這個樣子。

驚愕之中回想到，剛才赤皇從他嘴裡渡氣的時候，他似乎聞到了一股清甜的酒味。對了，白天見到六皇兄就匆忙走開了，後來聽說赤皇被六皇兄邀去比酒……

「你喝醉了？」剛問完，就感覺到靠著自己的身子在往下滑，太淵急忙環住他的腰，把他固定在水面上。

「喝醉？」熾翼仰起頭，用一片迷濛的眼睛盯著太淵，「碧漪，妳說什麼呢！」

正要想辦法把兩人弄上岸的太淵忽然停了下來，目光一分一分地銳利了起來。

「赤皇大人。」他輕聲地問：「您喊我什麼？」

「碧漪。」熾翼撩開黏在前額上濕淋淋的頭髮，一副難受的模樣，「我很熱……」

太淵的手摸上了自己的臉，想到依妍總說，他和母后碧漪，有五成相似。

「好熱！」熾翼覺得自己的胸前和肩頭熱得難受，整個人往水裡沉去，想要藉著湖水讓溫度降下去。

太淵見他全身發紅，連空氣裡也充滿了他散發出的熾熱氣息，不知道是出了什麼事，不敢輕易去拉他，只能任由他再一次沉下了水面。

隔了一刻，太淵開始感覺到不對勁。

水溫……

濕透的太淵退到臺階上，日瞪口呆地看著眼前的湖面升騰起一片淡淡的霧氣。

赤皇身上散發出來的力量，把這片湖水……

霧氣越來越濃，漸漸地看不清楚四周的景物，耳中聽見水聲響起，太淵忍不住連連後退。一片紅色的暗影在他退至最後一級臺階的時候追了上來。

「好熱……」

周圍的溫度隨著靠近的身體越發升高，赤皇緊緊摟著他，燙人的熱度透過瞬間就被烘乾的衣服傳遞到了太淵身上。

「赤皇？您這是怎麼了……」太淵被這種熱度燙得發痛。

他是水族，本質屬於陰寒，自然比普通的湖水或者寒氣更加冰冷一些。熾翼感覺到了這點，用自己的手緊緊地摟住了他。

太淵只覺得熱氣一直沖到了腦際，腳一軟，整個人往後仰倒，熾翼也跟著他往前倒去。臺階之上是柔軟的草地，他們交疊著倒在了上面。

背部受到撞擊的疼痛讓太淵恢復了一絲神智，他抬起頭，想要制止熾翼，嘴唇和臉頰卻擦過了鮮紅的印記。

「啊！」熾翼的嘴裡發出了類似喘息的呻吟。

緊接著，他下意識地低下頭，尋找著那一片冰涼的源頭。

「別動。」就在太淵試圖把壓在身上的赤皇推開時，聽到他低沉的聲音在說：「你別動啊！」

太淵定定地看著他蹙緊的眉頭、痛苦的神情，與滿含霧氣的雙眼，不覺呆住了。

「好冷！」熾翼伸出手，沿著他的臉頰下滑到他的脖子，最後探進他的衣襟，嘴裡發出了滿足的嘆息，「好舒服……」

直到見他用另一隻手拉扯開了身上的紅色衣服，太淵才從失神的狀態下清醒了過來。

「赤皇！」他驚慌地抓住自己的前襟，試圖把熾翼像火一樣在他胸前遊走的手抽出來，「您要做什麼？」

「我很熱！」熾翼神智不清地笑了笑，「你身上好舒服……」

接著，他不費吹灰之力地扯壞了太淵的前襟。

隨著布帛撕裂之聲，太淵只覺得有一片火焰燒到了自己的身上。赤皇熾熱乾燥的皮膚貼了上來，有力的手臂鑽進破裂的衣物環上了他的脊背，臉頰緊靠著他的臉，嘴唇有意無意地摩挲著他的頸項。

像是有火在燒，焚燒著他的身體，焚燒著他的神智。

有一瞬間，太淵真的以為自己就會這麼點燃成火，燒盡化作了灰。

直到，他聽見赤皇低沉的聲音在喊……

「碧漪……」

5

「皇兄！熾翼哥哥！」回舞焦急地喊著。

「公主，請小聲些！」她身邊的隨侍嚇出了一身冷汗，「要是驚動了水族的人，恐怕不好！」

「怕什麼，我都還沒找他們算帳呢！」回舞咬著牙說：「要不是那個什麼蒼王，皇兄怎麼會不見！」

紅蓮之火被酒氣引發後，熾翼哥哥根本就神智不清，會跑去哪裡，又會做什麼事，孰難預料。他就是無法控制這種發生在自己身上的變化，所以才從不喝酒。

最可恨的是這群蠢貨，要不是他們拚命把自己擋在門外，自己又怎會平白錯過了這千載難逢的機會？若是趁著熾翼神智混亂而不再排斥和自己接近……

被她狠厲的目光盯著，跟在後方的侍官們全部跪在了地上，心裡叫苦不迭。

「你們這群蠢貨！」回舞恨恨地跺了跺腳。

「熾翼哥哥！」找到了花園的角落，看見躺在草地上的紅衣人影，回舞欣喜萬分地跑了過去。

躺在地上的熾翼昏睡著，臉色雖然蒼白，但是呼吸規律，看起來沒什麼大礙。

「熾翼哥哥！」回舞跪坐到他身邊，把他扶起來靠在自己身上。

熾翼被這樣移動，迷迷糊糊地睜開了眼睛。

「熾翼哥哥，你怎麼樣了？」

「回舞？」熾翼揉著額角，覺得頭痛欲裂。

「是啊，熾翼哥哥。」回舞柔聲問他：「你覺得好些了嗎？」

「我沒事。」他抬起眼睫，看著回舞擔憂的臉龐，突然皺起了眉，「昨天晚上，是妳……」

「對啊！昨天晚上……」

「回赤皇大人，昨晚回舞公主一直在赤皇大人房外，為赤皇大人憂心。」沒等回舞欣喜地說完，站在兩人身後的侍官上前跪下，搶先說了出來。

「哦。」熾翼的心一定，眉頭舒展開來，「辛苦大家了。」

回舞咬著嘴唇，回頭瞪了那個多嘴的傢伙一眼。

「你們……有沒有看見……」熾翼自己站了起來，輕輕推開了回舞攙扶的手。

「看見什麼？」回舞狐疑地問。

「不，沒什麼。」熾翼咳了一聲，「回去吧，別驚動了其他人。」

被簇擁著離開的時候，熾翼回頭望了那片平靜的湖泊和草地一眼。

昨天晚上雖然神智不太清醒，可是好像有人陪在自己身邊，那個人身上涼涼的……錯覺嗎？熾翼甩了甩頭，卻因為頭暈微微一晃。

「熾……皇兄！」回舞伸手扶住了他，「你心神耗損，回去好好休息吧！」

他確實有些疲累，也就沒有再次甩開回舞，任由她扶著回去了。

隨著這群人浩浩蕩蕩離開，一切恢復了原有的平靜。一株大樹後，走出了青衣的太淵。

他走到熾翼方才躺著的地方，彎腰從草地上撿起了一塊碎裂的火紅玉飾，那原本是赤皇繫在腰間的飾物。他拉緊了自己被扯壞的前襟，神色複雜地盯著腳下的地面。

赤皇……熾翼……

「怎麼這麼快就要回火族了，不多盤桓幾日嗎？」平臺之上，奇練看著整裝待發的火族眾人，不解地問。

「既然事已辦完，還留在這裡做什麼？」站在他面前的熾翼笑了一聲，「再說，我也不習慣這種潮濕的環境。住了這麼久，我已經受夠了。」

「熾翼。」奇練上前一步，壓低聲音問：「我一直沒有機會問你，關於這場婚事，祝融聖君絲毫沒有反對嗎？」

「你是怕我父皇反悔？」熾翼拍了拍他的肩膀，「你大可放心，我自有主張。」

「你這麼說……」奇練聽他這麼說，有些憂慮起來。

「好了，別說這些了。」熾翼朝平臺下方看了一眼。

奇練也跟著回頭看去。

平臺下好像沒什麼特別的，就在他覺得奇怪時，聽到熾翼輕聲地說了一句。

「太淵……」

「太淵？」奇練訝異地問：「你要找他？我讓人去喊他過來。」

「不用了，也沒什麼事。」熾翼搖了搖頭。

他走了兩步，又轉過身，回到奇練面前。

「幫我把這個交給太淵。」他從懷裡拿出一塊暗紅血玉的令牌，遞給奇練，「告訴他，要是想來火族作客，我無任歡迎。」

「赤皇令？」奇練手中拿著那塊溫潤的血玉，詫異地笑道：「太淵能得到赤皇大人垂青，倒是他的福氣。」

「婚期遠在兩百年之後，我只是希望他在這兩百年裡，能夠和紅綃有些來往。」熾翼仰首望著天際，「雖然是為兩族盟約而有的婚姻，我還是希望太淵能和紅綃兩情相悅，如此一來，就不會有什麼遺憾了。」

「也是。」奇練收起令牌，「若是皆大歡喜，也是一樁美事。」

熾翼點了點頭，轉身飛上了火鳳。

「恭送赤皇大人！」水族的眾人退下平臺，朝他彎腰行禮。

熾翼手一揚，巨大的火鳳陸續揮翅升上天空，朝南方飛去。

太淵倚著柱子，微仰著頭，坐在迴廊的欄杆上。在他的視線裡，一列火紅的隊伍正往遠處飛去。

他走了……從那天以後，一句話都沒有再說過……

「他走了……那天之後，他連再見我一面都不肯……」

太淵的心猛地一跳，看向迴廊盡頭的轉角。

「帝后，您就別多想了。」依妍語氣無奈地說：「您和赤皇大人身分有別，私下會面絕對不行。赤皇大人也是為了您的立場著想……」

「我不要！誰要他為我的立場著想了！」

太淵第一次知道，不論何時都雍容端莊的母親，也會用這種怨恨的語調說話。

「他根本就不在乎我！要是他在乎我，當年就不會這麼狠心拋下我一走了之！他什麼人都不在乎！在他的心裡，只有他的身分，只有他的大局！」

「帝后……」依妍想勸，卻知道她什麼也聽不進去，只能長長地嘆了口氣。

「熾翼，你難道真的忘了當年……」

太淵站在轉角這頭，一字不漏地聽進了耳中。

母后和赤皇，果真有著一段舊情……難道赤皇就是為了這個緣故，才對自己這麼特別？

不錯！他向來誰也不放在眼裡，為什麼會對毫不出眾的自己如此偏愛？他根本就是為了母后！他根本就是忘不了和母后的那段過去！

他……一直喊著母后的名字，用他的聲音喊著……

想到這裡，眼前出現了那夜赤皇目光迷離，神思恍惚的模樣。

手握成拳，一陣收緊。尖銳的缺口刺進了太淵手心，鮮血滴落在天青色的衣衫上，那是一塊碎裂的火紅玉飾……

兩百年後——

南天，棲梧城。

「紅綃。」熾翼站在宮牆上，喊住了貼著牆邊匆匆走著的妹妹。

「啊！」紅綃嚇了一跳，手裡的東西掉在了地上。

她抬起頭，看到了一身紅衣的赤皇，臉色開始發白。

「又去不周山了？」熾翼低頭看著她，面無表情地問。

「皇兄，我、我只是……」

「不用多說了。」熾翼腳尖一點，輕飄飄地落在她的面前，「我不是告誡過妳，不許再去不周山。妳好像也答應我了，是不是？」

「皇兄！」紅綃朝他跪了下去，「我不是故意的，可是……可是翔離他一個人……」

「閉嘴！」熾翼皺起眉，厲聲說道：「不許再提起那個名字！」

「是……」紅綃瑟縮了一下，眼睛都紅了。

「紅綃。」看見她這個樣子，熾翼又覺得有些不忍，「妳怎麼就不明白呢？我把他關在不周山，是為了保住他的性命。這件事要是被父皇知道，我可沒辦法再救他第二次！」

「我明白皇兄的苦心。」紅綃強忍住了眼淚，「要不是皇兄瞞著父皇救了翔離，他也許早就死了。」

「我不是要妳感激我，只是要妳答應我，從今往後，再也不會偷偷跑去不周山。」熾翼彎腰撿起了她先前摔落的食盒，將她從地上扶了起來，「妳要是真為他好，最好徹底忘掉這件事。他在幼年時就已夭折了，妳明不明白？」

「是，紅綃明白了。」紅綃接過食盒，黯然說道：「我再也不會去看翔離，還請皇兄不要怪罪。」

「算了，我也知道妳和他血脈相連，難免感情用事。」熾翼呼了口氣，「不能再有下次了。」

「是……」紅綃垂著頭，沮喪地應了。

「妳回去吧。」可就在紅綃轉身的時候，他又說：「等一下。」

紅綃疑惑地看著他。

「妳的腳怎麼了？」熾翼看著她方才站著的地方，那裡有一些紅色的血漬。她穿著紅色的裙子，也看不清是怎麼了。

「沒什麼！」紅綃直覺地拉了拉裙襬，把腳藏了進去。

熾翼招呼也不打，伸手拉高了她的裙子，嚇得她低叫了一聲。

「怎麼回事？」熾翼看著她被鮮血染濕的鞋襪，「怎麼弄傷的？」

「是我自己不小心，撞到了洞外的界陣。」紅綃緊張地說，「我絕對沒有像那次一樣弄壞它！」

「我不是在問這個。」熾翼突然彎下身子，把她攔腰抱了起來。

「皇兄！」紅綃大驚，手腳都不知道要往哪裡放了，語無倫次地說，「這、這不好！皇兄你！」

熾翼抱著她走了幾步，把她放到一旁的假山石上，脫下她被鮮血染紅的鞋襪。

「手帕給我。」見她只是瞪大眼睛毫無反應，熾翼又說了一遍，「紅綃，把妳的手帕給我。」

「手帕？哦！好的！」紅綃手忙腳亂地找出手帕，放到了他的手上。

熾翼拿過手帕，折了幾折，接著咬破了自己的手腕。

看到他手腕湧出的鮮血，紅綃驚恐地問，「皇兄，你做什麼？」

熾翼笑了笑，用手帕捂住自己的傷口，直到血漸漸止住，他才移開手帕，並且把手帕按在紅綃的傷口上。

「好痛！」覺得腳踝一陣燒灼的劇痛，紅綃差點叫了出來。

熾翼另一隻手拉住她的腳，不讓她掙扎。

直到紅綃覺得自己的腳像是被燒掉了，熾翼才鬆開了她。

「怎麼樣？」一轉眼，手帕已經被他用火焰燒得乾乾淨淨，他看著淚眼婆娑的紅綃，「好些了嗎？」

紅綃低下頭。

「我的傷……」她驚訝萬分地動了動自己的腳，「一點都不痛了……怎麼會？」

除了殘留的血跡，她的腳上沒有任何受傷的痕跡。

「回去清洗一下吧。」熾翼沒有回答，將她從石頭上抱了下來。

「你們在做什麼！」一個尖銳的聲音在熾翼背後響起。

「皇……皇姐……」顧不得雙腳還沒有著地，紅綃急忙想從熾翼的懷裡掙脫。

結果用力太猛，差點往後摔了下去，幸好熾翼眼明手快，一手環住了她的腰。

「皇姐，不是那樣的！皇兄他只是……」等站穩以後，紅綃慌慌張張地退了幾步，和熾翼保持距離。

「妳當我瞎了啊！」回舞衝了過來，「我告訴過妳了，不許妳叫他皇兄！不許妳叫！」

「對不起皇姐！我不是故意的！」紅綃臉色慘白地連連後退，根本沒有勇氣抬頭看她，「我真的不是故意的，我沒有！」

「妳是在勾引他！妳要搶走他對不對！」回舞咬牙切齒地說道：「妳就是喜歡裝可憐，骨子裡根本就壞透了！」

「我不是……」紅綃的眼淚掉了出來，「皇姐，妳不要冤枉我！」

「妳天生就是個賤骨頭！見不得別人比妳好！我知道，妳心裡恨我，所以妳想裝可憐搶走他！」回舞拔出了腰間的匕首，「等我劃花了妳的臉，看妳還怎麼裝！」

「回舞！」熾翼一把抓住了回舞握著匕首的手，「妳鬧夠了沒有？」

「熾翼哥哥！」回舞看著他，「她不是個好東西，你被她騙了！」

「回舞，她是妳妹妹。」

「她才不是！她是妖孽！她才是那個會讓我們滅族的……」

「夠了！」熾翼雙眉一抬，狠狠甩開了她的手，「回舞，妳真是越來越放肆了！」

「我哪裡說錯了！」回舞大口地喘著氣，一反常態地和他爭辯，「她和翔離是雙生子，我們火族哪有雙生的！翔離是妖孽，她也是才對！當年父皇就該把她一起殺——」

「啪！」

回舞一個旋身跌倒在了地上。

「皇兄！」紅綃沒來得及抓住熾翼，只能輕聲地說：「不要……」

「回舞，管好妳的嘴！」熾翼的聲音冷冰冰的，「要是再讓我知道妳說這樣的話，別怪我不念情分。」

回舞捂著臉頰，趴在冰涼的地上，低聲抽泣了起來。

「皇兄，你別為難皇姐……」紅綃第一次在熾翼臉上看到這種冷冽的表情，覺得有些害怕，「她只是誤會了，她對你……」

「妳回去吧！」熾翼揚手打斷了她。

「可是……」紅綃又偷偷看了他一眼，接著慌亂地低下頭，「我知道了。」

聽見細碎的足音遠去，回舞低垂的臉上露出了怨恨的表情。

紅綃，妳等著！

「回舞。」

回舞側過臉，看到了身邊紅色的衣襬。

「熾翼哥哥！」她泫然欲泣地說道：「你打我……你從來沒有打過我的，你居然為了她……」

「就是因為我太縱容妳了，才讓妳越來越沒有分寸。」熾翼站在她身邊，並沒有伸手扶她，「對我來說，紅綃和妳一樣都是妹妹，我不會偏袒妳們任何一個。我今天打妳，是因為妳明知道妳說的話可能會害死她，居然還不知輕重地說了出來。我是讓妳記住，什麼話是不能亂說的。」

「你沒有喜歡她對不對？」回舞抬起頭看著熾翼，問她唯一關心的問題。

熾翼閉上眼睛，不厭其煩地嘆了口氣。

一個，又一個……為什麼總是這樣……

「什麼喜歡？我不知道妳到底在說什麼。」熾翼帶著厭煩說道：「總之，不許妳找紅綃的麻煩，給我安分一點就是了！」

說完，拂袖而去。

回舞盯著熾翼遠遠離開的背影，慢慢地坐起來，擦去了唇邊的血絲。

「我不要。」她又輕又慢地說：「我才不要放過她。她做什麼我都可以不管，可誰叫她連我的東西都敢搶。」

紅綃……

回舞低下頭，看著身邊那一灘血漬，目光中湧起濃濃殺意。

「赤皇大人！大事不好了！」

熾翼急忙按住因為驚嚇而躁動不已的火鳳，防止牠踩到那個還沒等他在棲鳳臺著陸就衝過來的蠢貨。

「做什麼！」熾翼瞪著他，「化雷，你不要命了啊！」

「請赤皇恕罪！」化雷急忙跪了下去。

「我才出去幾天，又有什麼事了？」熾翼不快地問：「你們是太清閒了，才一個接著一個給我找麻煩嗎？」

「赤皇大人，紅綃公主出事了！」

「紅綃？」熾翼臉色微微一變，從火鳳背上飛了下來，「她出什麼事了？」

「三日之前，聖君的護衛突然將紅綃公主綁上大殿，說是紅綃公主已經許配給水族的皇子，婚期日近，可還是……還是在不周山私會情人。」這種罪名畢竟不太光彩，化雷壓低了聲音。

「聖君大為震怒，當即要重罰紅綃公主，臣下們以為不妥，覺得還是等到大人從東溟帝君處返回後再作商議，沒想到聖君他……最後，聖君決定派人押著公主前往不周山，把那個……男人抓回來，一併處置！」

「不周山？」熾翼一把拉過化雷的衣領，「後來呢？」

「沒想到，經過煩惱海時，紅綃公主她……她跳下了火鳳……」

「什麼？」熾翼眉一挑，「化雷，再說一遍。」

「紅綃公主跳入了煩惱海，生死不知。」化雷垂下了頭。

熾翼鬆開手，閉上眼睛，深深地吸了口氣。

「回舞！」他一個字一個字地說著，「妳真是太不聰明了！」

感覺到他身上迸發出來的怒氣，化雷忍不住退了一步。

「化雷。」

「在。」

「回舞在哪裡？」熾翼的聲音十分地溫和，溫和得讓化雷打了個寒顫。

「這……」

「對了，是在父皇的宮裡吧。」熾翼轉身就走。

「赤皇大人！」化雷在他身後焦急地說道，「大人還請三思！聖君向來最為疼愛回舞公主……」

他還沒有說完，眼前就不見了熾翼的蹤影。

「赤皇大人留步。」侍官們滿面驚惶地行禮，「聖君並未召見大人。」

「滾開！」

「赤皇大人！不經召見，不得擅入聖君宮殿！」侍官們跟著他的腳步邊退邊說，卻也沒人敢真的擋在他面前。

「是嗎？」熾翼冷冷一笑，「我也不能進去？」

「這……聖君特意吩咐……」

「哼！」火紅的長鞭從臂上滑落到熾翼的手心，他反手一鞭，熾熱的氣流把那些侍官一個個甩飛了出去。

「多謝……赤皇大人！」侍官們忍著痛，在他身後行禮道謝。

「熾翼見過父皇。」熾翼慢慢跨過朱紅的門檻，走進了祝融居住的宮殿。

「熾翼，你回來了。」祝融看他進來，揮退了侍從，表情如常地說：「辛苦你了，回來就好好休息一陣吧。」

「我也想啊！」熾翼笑著說，「只可惜有人不想讓我輕鬆。」

「是嗎？」祝融咳了一聲，「你不是一直想要製作一把上好的弓箭，正巧我替你找到了一位善於……」

「這些無足輕重的事，緩一緩也無妨。」熾翼目光一轉，停在了某一點上，「可有的事情，一定要盡早說清了才行。」

他甩手一揮，一陣碎屑紛飛，那根朱紅色的柱子留下了一道深刻的鞭痕。

「啊！」柱子後面傳來了一聲壓抑的尖叫。

「出來。」熾翼平靜地說，「我不想多費手腳。」

「熾翼！」祝融猛地站了起來，「你居然敢在我這裡放肆了！你還有沒有把我當成你的父皇？」

「問得好！」熾翼抬起眼睛和他對視，「我也正想問一問，父皇你有沒有把紅綃當成你的女兒呢？」

「你太放肆了！」祝融眉尖一挑，「你有什麼權利質問我？」

「父皇。」熾翼一瞬也沒有移動目光，「紅綃和回舞是一樣的，她也是你的女兒！」

「你這是在指責我？」祝融臉色陰沉，「她身為火族公主，明知自己有婚約在身，還私通他人，這種醜事我如何容忍？難道你想說，她這麼做是應該的？」

「在沒有查明一切之前，父皇你聽信回舞一面之詞，致使紅綃下落不明。」熾翼瞇起了眼睛，「難道說，這就應該了？」

「我給了她機會，要是查明沒有這事，我怎麼會是非不分？」祝融坐了回去，表情冷漠，「如果不是心中有鬼，她為什麼要跳進煩惱海？這一切不過是她咎由自取。」

「咎由自取……」熾翼點頭，「好！先不說別的，父皇你別忘了，紅綃和太淵的婚期將近，要是紅綃真的死了，到時候，我們哪裡來的公主嫁去水族？」

「這有什麼？」祝融笑了出來，「反正不是嫁給孤虹，要不是你當初執意訂下這門婚事，我根本就不可能會同意。」

「但婚事早就訂下了，若是我們反悔，火族顏面何存？」

「怕什麼？」祝融不耐煩地說，「至多和那條水蛇再戰就是！」

「水族好說，但我們如何向東溟帝君交代？」

「我女兒死了，又有什麼辦法？」話是這麼說，祝融的表情還是凝重了起來，「東溟君怎麼會管這種小事？」

這一句，其實說中了他心裡最擔心的事。

「沒有在紅綃房裡找到瓔珞對不對？」

祝融臉色變了。

「關於東溟帝君的規矩，父皇您應該比我清楚許多。」熾翼垂下眼簾，「東溟帝君和紅綃的外祖父北忽帝君當年同為四方帝君，東溟帝君曾經說過，只要北忽帝君的後人拿著那一雙瓔珞去見他，不論什麼要求他都會答應。」

「我哪裡想到她會跳到煩惱海裡去！」祝融眼裡閃過了一絲不安，「我也沒有把她怎麼樣……我只是想把那個膽大包天的傢伙抓回來而已。」

「如果紅綃是被冤枉的呢？萬一根本沒有什麼私會的情人？」熾翼勾起嘴角，「父皇，就算紅綃可以假冒，瓔珞可是東溟帝君的東西，我們怎麼仿造得出？要是有一天東溟帝君心血來潮，想要收回瓔珞，我們又該去哪裡找出瓔珞還給他？我們當然可以說這是意外，或者紅綃獲罪致死，但要是被東溟帝君知曉了真相，他一怒之下會有什麼後果，父皇你當真想清楚了？」

「這個……」祝融一時竟然無言以對。

東溟帝君可不是那條水蛇能相比的……

「回舞。」熾翼微側過頭，「妳要去哪裡？」

已經偷偷走到門邊的回舞一下子僵住了。

「妳過來。」熾翼吸了口氣。

回舞一步一步地挪了過去。

「把我的話當成耳邊風了？」熾翼轉過身，笑著對她說，「妳可真是有勇氣！」

「熾翼哥哥，我不是故意……」

熾翼一甩手，火紅的鞭子狠狠地落到了她的身上。

就算熾翼沒有用上法力，但是這一鞭下去，也在回舞的身上打出了一道血痕。回舞倒在地上，又哭又叫的，熾翼卻毫不心軟地一鞭接著一鞭，直打得她皮開肉綻。轉眼間，一個美麗的女子變得全身鮮血淋漓。

祝融見平日裡最寵愛的女兒成了這個樣子，也轉過頭不忍再看。

熾翼直打到她沒了聲響，才停下手。

長鞭在半空一抖，附著在鞭子上的血跡霎時消失得乾乾淨淨。他收起鞭子，一圈一圈繞回手上。

「熾翼，你也太狠心了！」祝融看著血肉模糊的回舞，不滿地說道：「就算真是回舞弄錯了，你也不該將她打成這樣！」

「怎麼會發生這件事，我們心裡都很清楚。」熾翼盯著趴在地上動也不動的回舞，「她做出這樣的事情，我沒有打死她，已經是手下留情了。」

「你要去哪裡？」看他往外走去，祝融問道。

「我帶人去找紅綃。」熾翼停在回舞身旁，對她說：「回舞，要是找不回紅綃，我也不會再罰妳，妳準備好該怎麼向東溟帝君交代吧！萬一他要妳的性命來抵償那雙瓔珞，這世上誰也救不了妳。」

躺在地上的回舞聞言抽搐了一下，沒有被傷及的臉上流露出害怕的表情。

「怕了？妳現在才害怕，是不是晚了些？」熾翼不再看她，快步走了出去，「妳知不知道我為什麼到現在也不願娶妳？不是為別的，就是因為我最討厭妳的心胸狹隘，不擇手段。妳若不是我妹妹，我連一眼都不會看妳！」

「赤皇大人。」化雷在另一隻火鳳上朝他喊道，「連續找了五晝夜，火鳳快要支撐不住，我們一定要休息了！」

熾翼回頭看了看身後疲倦的隊伍，只得點頭同意。

他們在岸邊的一處空地降落了下來。

「化雷，等火鳳恢復精神，你就帶著他們一起回棲梧吧。」熾翼揉著額角。

「那赤皇大人你……」

「我沿著岸邊再找一遍。」熾翼走到水邊，遙望四周，「走完一圈，可能要花不少時間。」

「這裡不能使用法術，還是等火鳳恢復了……」

「不行，我們繼續這麼找下去，遲早會引起水族懷疑。」熾翼抬起手，「還是我一個人比較方便，有你們跟著反而會多花時間，就這麼決定了。」

「是。」化雷猶豫了一下，還是忍不住說：「赤皇大人，其實我們找了這麼久，應該是沒有遺漏了，說不定紅綃公主她……」

「不會。」熾翼看著遠處支撐天地、直入雲霄的高山，微微一笑，「有人告訴我了，她一定還活著。」

6

棲梧城。

「赤皇大人。」化雷從城門的方向迎了過來。

「為什麼放羽箭找我回來？」熾翼皺著眉頭，神情有著遮掩不住的疲憊，「是不是又出事……」

「不，是好消息。」化雷滿面笑容地說：「大人，紅綃公主找回來了。」

「找到紅綃了！」熾翼精神一振，「你們在什麼地方找到的？」

「不是我們找到的，是……」化雷邊說邊往身後看著，「剛剛還在……」

「誰？」熾翼也跟著轉身，身後青天朗朗，不見有什麼人影。

「他一定是剛剛離開，赤皇大人方才沒有遇見嗎？」化雷回答道：「就是紅綃公主的未婚夫婿啊！」

「夫婿……你是說太淵？」熾翼一怔。

「對，就是水族的七皇子。」化雷點頭，「他在幾日前把受傷的公主送了回來，這幾日一直陪在公主身邊，直到方才公主清醒才告辭離開。我告訴他大人您就要回來了，他還是不肯留下。」

「太淵……」

「赤皇大人！」化雷只覺得紅影一閃，就看見熾翼的背影消失在雲中。

他不禁有些納悶。

若是要截住那個七皇子，就算不派人去，總也該等到備好火鳳……

熾翼遠遠瞧見了青色的背影，心中一喜，一揮衣袖，加快了速度。飛到近處，伸手就要去拍他的肩膀，卻不想一道寒光猛地迎面而來。

熾翼吃了一驚，連忙手腕一轉，硬生生地架了上去。臂上的紗衣裡袖被凌厲的劍氣割得層層碎裂，幸虧纏繞著的長鞭擋住了劍鋒，否則這一劍定然會刺穿他的手臂。

「太淵。」熾翼愕然抬頭，心中又是一驚。

這是……太淵？是……又有些不像……

「是你！」太淵看見是他，也有些愕然，連忙收回了長劍。

「太淵？」熾翼垂下了手臂，遲疑地喊著他的名字。

「太淵見過赤皇大人。」太淵退了幾步，規規矩矩地行禮，「方才不知是大人在我背後，一時無心冒犯了大人，還請大人恕罪。」

熾翼抿了抿嘴角，上上下下地打量著這個「太淵」。記憶裡應該還是帶著柔和稚氣的輪廓，突然變得深邃清晰，幾乎快要和自己一樣高了，整個人看起來更加內斂沉靜。

才多久不見……

「你變了許多，真是成人了啊！」熾翼淡淡一笑。

那個小小的太淵……

有一剎那，心中……像是失去了什麼……

「赤皇大人和我已有兩百年不見了。」太淵也回了一個微笑。

「兩百年……有這麼久了嗎？」熾翼恍然，「怪不得都快不認識了。」

太淵漆黑的眼睛忽然直視著他。

「怎麼了？」他挑起了眉，不明白是什麼地方不對，太淵才會用這種眼神看著自己。

「赤皇大人您貴人事忙，兩百年當然只是轉瞬即逝。」太淵垂下眼簾，加深了嘴角的弧度，「我水族容貌轉化所用時間向來因人而異，這兩百年裡我變化極大，也怪不得大人覺得陌生。」

「這樣啊。」熾翼點了點頭。

突然之間，不知道該說什麼才好。

不再是昔日的那個莽撞可愛的少年，現在面前這個一派大家風範的太淵，實在太過陌生。

這是在面對一個進退有矩的水族皇子，而不是那個反應有趣的青澀少年。

「多謝你救了紅綃。」熾翼忽然興致全消，「為什麼不多留幾日，也好讓我們表示謝意。」

「不用勞煩了，我那日也只是湊巧救了公主。」敏銳地感覺到熾翼態度驟然冷淡，太淵低垂的眉宇微微一緊，「再說，公主本是我的未婚妻子，我救助她是天經地義的事情。」

「這麼說也對。反正婚期近了，你們遲早都是夫妻，不應該太過客氣。」熾翼拉攏裂口的衣袖，「你以後時常過來走動吧！在成親之前，多和紅綃熟悉一些較好。」

「是。」太淵點頭微笑。

「這裡離千水之城路途尚遠，我不耽擱你了。」熾翼一手撫過鬢角，神情倦怠，「你去吧。」

「是。」太淵抬起頭，看著他轉過身的背影。

「太淵。」熾翼又突然轉過頭來看他。

「赤皇……」

「對於這門被安排好的婚事，你可有不同的想法？」連他自己也不明白為什麼要這麼問，「若是有什麼，你盡可以跟我說。」

「不！」太淵飛快地搖了搖頭，「我很滿意，紅綃公主她……」

接著，太淵笑了。

赤皇紅衣飄搖的風姿，讓他想到那個從空中墜下的火紅身影，那個落到自己臂彎裡的美麗公主……還有似乎帶著瀲灩水光的眼眸……

紅綃……這麼地美麗，一如他千百回在夢中苦苦追尋的身影……會是他的妻子……能夠屬於他的……

這一瞬間，熾翼覺得自己像是再次看見了當年的那個太淵，那個清澈含蓄的少年，就像當年一樣。

他能看得出來，太淵真心喜歡著紅綃，很喜歡……

「那就好。」熾翼淡然一笑，「我一力撮合這門婚事，看來是沒有做錯。你現在也喜歡上她，實在是再好不過了。」

不論容貌性情，他們都很相配……

「大人。」

熾翼和太淵同時轉頭望去，化雷從棲梧城的方向趕來。

「怎麼了？」熾翼看到化雷臉上的表情，壓抑心中升起的無名怒火，「別告訴我又有事。」

「大人，請您快隨我回去！是……」化雷看了看太淵，欲言又止。

「你說吧。」熾翼揮了揮手，示意無礙。

「聖君正在生氣，您還是去看看的好。」

「你沒看見我在和七皇子說話？」熾翼沉下臉，「有什麼好急的？反正父皇正在氣頭上，誰勸也聽不進去。」

「大人，您還是去一趟吧。」化雷看了看對面的太淵，最後還是移到了熾翼的耳邊小聲說出了原因，「回舞公主狀況很差，任誰勸說都不肯進食，聖君極為生氣，方才往紅綃公主那處去了。」

熾翼皺起了眉，他知道父親素來偏愛回舞，若是再因此遷怒紅綃……

他再沒有心思多說，胡亂朝太淵點了點頭，轉身就飛走了。

「七皇子，您走好。」化雷打過招呼，也跟隨在熾翼身後匆匆離開。

太淵看著，直到重重雲霧完全遮去了熾翼紅色的背影。

一點都沒有變呢！這個華麗耀眼、高不可攀的赤皇，這個也許會讓母后為之痛苦一生的人……一點都沒有改變，還是那種光是靠近都像要被焚燒殆盡的感覺。

別說是兩百年，哪怕是兩千年、兩萬年、兩百萬年之後，都不會有任何改變吧！

赤皇熾翼，是能焚燬一切的紅蓮之火。沉迷於他，就像是投身火海，除了心甘情願被燒成灰燼，再沒有第二種可能。

在這兩百年裡，母后每一次遙望天邊的紅霞，每一次無意地念出那個名字……真是愚蠢！母后，如果妳再聰明一些，就不會讓自己落入這個名為熾翼的陷阱。就算這個陷阱讓人如此……如此地無法抗拒……

「回舞是怎麼回事？」熾翼快步走向紅綃的房間，「那些至多只是皮肉傷，只須休養就可痊癒了，怎麼又驚動了父皇？」

「聽說回舞公主不吃東西，悲傷過度。」化雷緊跟在他的身後，「回舞公主一直把自己關在房裡，不許任何人靠近，服侍她的女官發現不對勁，才通知了聖君。」

「她有什麼好悲傷的？」想到回舞的行為，熾翼依舊一肚子火氣，「差點沒命的又不是她，我看多半是她故意引得父皇大怒才對！」

化雷看他餘怒未消，也不敢為回舞說話。

說話時，已經到了紅綃所住的宮外。

化雷見到祝融身邊的侍從都在宮外，也主動留在了外面。熾翼阻止了通報，快步走了進去。

祝融和紅綃面對面地坐在房裡，他走進去的時候，兩人並未交談。

看到熾翼，祝融皺了皺眉。

「父皇，您是來看紅綃的嗎？」熾翼看到坐在椅子上的紅綃雖然低著頭，卻沒什麼大礙的樣子，這才放下了心。

「怎麼，我不能來嗎？」祝融重重放下手裡的茶杯。

「怎麼會呢？父皇疼愛紅綃，是她的福氣。」熾翼笑著回答：「只是我聽說紅綃回來了，所以急著過來看看，一時沒想到父皇也在。就這麼闖進來，是熾翼失禮，還請父皇恕罪。」

祝融雖然一肚子氣，但是熾翼說得恭敬，也不好胡亂發作，只能點了點頭。

「紅綃，妳還好嗎？」熾翼走上前，「身子沒有問題吧？」

「謝皇兄關心，紅綃很好。」紅綃想要起來行禮，但被熾翼按住了肩膀，只能稍稍點了點頭，「有勞皇兄為我費心，我實在過意不去。」

「是一家人，這麼客氣做什麼。」熾翼眼尖地看見紅綃微紅的眼眶，心裡嘆了口氣。

紅綃什麼都好，但性格實在太過怯懦，要說她是自己跳下火鳳的，又有誰信？明明是和翔離一胎雙生，怎麼性格差了十萬八千里？

翔離自小淡漠，不論有多大的委屈，依舊可以不言不笑地坦然接受。可紅綃脾氣溫馴，凡事逆來順受，總是一副淚眼婆娑、傾盡五湖四海也洗不去悲愁的姿態。今後遠嫁水族，免不了受些委屈，她這個樣子，也不知要流多少眼淚。

「妳沒事就好，雖受了不少的驚嚇，總算是有驚無險。」熾翼安慰地拍了拍她的肩膀，「不要想太多了，好好休息。」

紅綃眼眶越發紅了，只能用力點了點頭。

「父皇，我們就不要打擾紅綃了。」熾翼轉頭對著坐在另一邊的祝融說道：「紅綃膽子小，這次把她嚇得不輕，先讓她定定神再說吧！」

「她是我女兒，你怕我吃了她嗎？」祝融冷哼了一聲，紅綃聽得臉色發白，「我還沒有和她說上幾句，你就匆匆趕來。回舞傷得那麼重，也不見你去看看她。」

「我這不是剛回來？」熾翼眼睛一挑，不太樂意聽見這個話題，「父皇不是從回舞那裡過來的？您來看紅綃，不就是說回舞的傷也不算嚴重？」

「還不嚴重？」祝融拍案而起，「紅綃倒是活蹦亂跳，但回舞只剩下一口氣了！

你真是要回舞賠上性命才肯甘休嗎？」

「父皇，我下的手，我知道輕重！」熾翼的聲音跟著提高了幾分，「若是您覺得不滿，熾翼甘願受罰。」

「你！」祝融暗紅色的眼睛閃過寒光，「熾翼，你真是越來越有魄力了。好！實在是太好了！」

「是父皇寬容，熾翼才敢放肆直言。」熾翼知道祝融最好顏面，不禁有些懊惱自己太過強硬，立即單膝跪在他的面前，「最近太多變故，熾翼疲於奔命。您也知道我脾氣暴烈，要是無意冒犯了父皇，還請父皇原諒。」

「算了算了！我也知道最近事多，誰的心情都不會好。」祝融面色緩和了一些，揮了揮手，示意他起來，「不過你總不能厚此薄彼。回舞被打成那樣，我看了著實不忍，也只有你這鐵石心腸，看也不去看她，半點沒有憐香惜玉之心。」

「是，父皇說的是。」熾翼點頭，嘴裡卻說：「可我要是即刻去看她，她恐怕轉眼就忘了教訓。還是等她反省清楚了，我再去看她不遲。」

「我真不知道你是怎麼想的！就算回舞真的誤會了紅綃，必然事出有因。回舞和她是姐妹，怎麼可能無緣無故害她？再說她掉下火鳳完全是意外，怎麼能全部算到回舞頭上？」祝融沒好氣地瞪了熾翼一眼，「我看你是矯枉過正，回舞被你打成那樣，心裡本就委屈，你又不聞不問，實在不應該！」

「意外？」熾翼冷冷一笑：「若是意外，我倒是錯怪回舞了。可要說這是意外，為免意外得太過巧合！」

「怎麼？難道你是懷疑……」祝融聽出了他的言外之意，怒火重燃，「熾翼，你是什麼意思？」

「回舞的性子我很清楚，她生起氣來毫無理智。」熾翼抬起手來，不願在這個問題上糾纏下去，「既然我已經懲罰過她，這事也就不要再說了。」

「好！我不說！」祝融轉頭看向低著頭不聲不響的紅綃，「紅綃，妳倒是說說這到底是怎麼回事。妳掉下火鳳是失足呢，還是有人故意害妳？」

「我……」紅綃飛快看了熾翼一眼，然後咬著嘴唇低頭，聲如蚊蚋地回答，「我不知道……」

「不知道？妳把頭摔壞了嗎？」祝融大力拍著桌子，「什麼叫不知道？妳不知道還有誰知道！到底是不是有人害妳，是或不是，妳好好回答！不許說什麼不知道！」

「是……是……啊！不！不是的！不是的！」紅綃點頭又搖頭的，眼淚開始決堤，不一會兒就淚流成河，嘴裡含含糊糊地不知道說些什麼。

「父皇。」熾翼皺著眉說：「紅綃好不容易才能回來，這些事就等到以後再說，現在還是讓她好好休息吧。」

「哭什麼！一天到晚只知道哭，看了就讓人心煩！」祝融見紅綃快要哭暈過去的樣子，實在生氣，但又不能把她怎麼樣了，只能火冒三丈地往外走去，「糊里糊塗，膽小怕事！怎麼配做我祝融的女兒！」

「父皇。」熾翼跟著祝融走了出來，「回舞她還好嗎？」

「你還知道要管回舞的死活？」聽他提起回舞，祝融滿臉陰鬱，「我明白你一直不滿和她的婚事，多半是希望她死了才好！」

「父皇言重了，我絕對沒有這樣的心思。」熾翼從容地說道：「這次回舞犯錯，我只是小懲大誡，想要給她個教訓。都是我們平日裡一味縱容，她恃寵生驕，才會如此膽大包天。」

「你說回舞恃寵生驕，不就是在說我昏庸糊塗？」祝融臉色越發難看，「熾翼，我看膽大包天的人是你才對！」

「熾翼不敢，我絕對無意指責父皇的愛女之心。」熾翼一挑眉，「不過，再這麼下去，只會害了她。終有一天，她會闖出無法收拾的彌天大禍。」

「你！」

「難道我說的不對？」熾翼不溫不火地回答：「要是這次紅綃沒能救回來，回舞要受的絕不只皮肉之苦。」

「紅綃現在不是活生生地找回來了？你也不用在這裡危言聳聽！」祝融語氣強硬地說道：「總之，這件事到此為止，今後不要再提！我就當什麼事都沒有發生過，到底誰對誰錯，你也不許追究了！記得盡快去看回舞，好好安撫她，省得她整天胡思亂想。」

「是。」熾翼敷衍地應道：「父皇的命令，熾翼哪敢不從。」

祝融頓覺臉上無光，猶帶怒氣地走了。

熾翼目送祝融走遠，轉身折返回到紅綃房裡。

「紅綃。」他走到方才祝融坐著的地方，慢慢地坐了下來。

正在擦拭眼淚的紅綃見他去而復返，緊張地站了起來。

「怎麼會出這樣的事情？」不見了方才的溫和體貼，熾翼挑高雙眉，神情嚴厲，「妳可有話要和我說？」

紅綃慌張得說不出話，只會拚命搖頭。

「妳趁著我離開，又偷偷去不周山了。」熾翼勾起了嘴角，「紅綃，我先前一遍又一遍地警告妳，難道妳以為我是在跟妳說笑不成？」

紅綃目光慌亂，腳一軟，一下子坐回了椅子上。

「我能體恤妳的心情，不代表我可以容忍妳對我陽奉陰違。」熾翼為自己倒了杯茶，喝了一口，「妳就是這麼實踐對我的承諾嗎？」

「對不起……」

「我不需要妳的道歉。」

紅綃用力咬著嘴唇，知道他生氣至極，再不敢多說一句。

熾翼在茶杯邊沿挑起眼角，慢條斯理地問她：「紅綃，到現在為止，妳從西蠻回來棲梧有多久了？」

「回……回皇兄的話，我回來有……三百年了……」紅綃強自鎮定地回答，「我知道我這次……」

熾翼放下茶杯，不高不低的聲音打斷了她。

「妳回來這麼久了，難道還不知道這裡是什麼地方嗎？」熾翼狹長美麗的眼睛看著她，帶著一種複雜的神色，「這裡是火族皇城棲梧，不是西蠻夷族的荒原牧野。」

「是。」紅綃不敢抬頭和他對視，死命地抓著衣角。

「妳記不記得，當年我從西蠻將妳帶回來的時候，對妳說過什麼？」熾翼又問。

「記得……皇兄說，要聽你的話……」

「不對！」熾翼站了起來，一甩火紅的衣袖，「我當時告訴妳，要是妳跟著我回到棲梧，妳就會是尊貴的火族公主。可是，做一個公主，可能並不比做一個低下的奴婢自在多少。因為身體的疲累，永遠比不上心靈的負擔。這些難道妳都忘了嗎？」

一旦踏進了輝煌的宮殿，一旦穿上了美麗的衣服，紅綃就不再是現在的紅綃。妳永遠不能這樣縱情馳騁，永遠不能放聲哭笑，更不能隨心所欲地生活……如果妳覺得這些值得交換，那麼妳就跟著我回去。

棲梧是南方最美麗的城池，宮殿遍布，僕從如雲，而妳會是那裡尊貴的公主。妳會有華麗的衣服、豐盛的食物，在那裡過著現在的妳不能想像的生活。可如果妳覺得錦衣玉食不值得以自由交換，那就不要跟我回去。從此海闊天空，妳可以按照妳想要的任何方式生活。

妳可以選，但是一旦做出選擇了，就沒有機會後悔！

是的，她當然記得。記得這個穿著華美紅衣的男人，用一種她從未見過的高貴風姿，降臨在荒蕪貧瘠的黑色土地上，帶著狂傲肆意的笑容，用滔天烈焰焚燬了日夜折磨著她的惡夢。

那一刻，天地都沒有了色彩，只有這火焰一樣的紅……

「我都記得。」紅綃慢慢抬起了頭，「我選擇了回來棲梧……」

「妳選的時候我就告訴妳，妳心腸太軟，又不善爭取，回到棲梧一定會過得很辛苦。」熾翼加重了語氣，「可是紅綃，我說了再怎麼辛苦和艱難，選了就不能後悔！」

「我不是後悔，我只是想去看看翔離，只有他……才會靜靜地聽我說話。」紅綃想要微笑，卻是笑得極為勉強，「只有和他在一起，我才有血脈相連的感覺，我才覺得，自己並不孤單。」

「就為了這個？妳不只把自己，還一次又一次地把翔離一同置於險境。」熾翼仰起頭，鳳羽在他臉頰上投出一片陰影。

「我不知道妳是怎麼想的，也不想打碎妳的天真念頭，但是妳應該知道，高貴的地位不代表擁有相等的權力。妳這麼做，只會害了他。如果妳不相信，那就繼續天真下去吧！」

「不，我相信……皇兄，我知道我現在說什麼都沒有用……你都不會原諒我了……」

「這和我原不原諒妳關係不大，妳知道我不想傷害你們，但是如果到了無法挽回的地步，恐怕也由不得我。」熾翼無奈地搖了搖頭，「如非必要，我也不希望用激烈的手段維護族內穩定。」

紅綃微微一顫。

「我不是在和妳說笑，妳最好記得這一點。」

「是，我記得了……」

「很好。」熾翼稍稍頷首，「反正離妳和太淵的婚期不遠，這段時間妳好好籌備婚事吧。我會讓我宮裡的女官過來幫忙，其他的事妳就不要多管了。」

「婚事？」紅綃驚訝地抬起了頭，「可是……婚期不是還有三年……」

「不，三個月，妳還有三個月準備。三個月後，妳就要嫁去水族。」熾翼轉過身，背對著她，「太淵妳也見過了，他對妳很有好感，這樣正好！我會修書給水族帝君，把婚期提前幾年應該不是什麼問題。」

「不！我……」

「妳不什麼？」熾翼側過臉看著她，「紅綃，婚約早在兩百年前就已訂下，妳當時既然沒有反對，現在還想再說些什麼？」

紅綃臉色更白，卻也不敢多話。

「好生歇著吧。」熾翼朝門外走去。

「皇兄……」

熾翼在門邊轉過身來。

「皇兄，我要是嫁去了水族……日後……你可會來看我？」紅綃斷斷續續地說，看得出這一句話耗盡了她所有的勇氣。

「妳是我皇妹，若是可以，我當然會時常去看望妳。」熾翼微一皺眉，「紅綃，嫁去水族以後，一切都要靠自己。妳可要事事上心，不要整日糊里糊塗的了。」

紅綃看著他消失在門外，慢慢把身子靠到了雕花扶手上。指尖撫過刻在那上面的鳳凰圖案，她長長地嘆了口氣。

「化雷，我有事問你。」越走越慢的熾翼終於在迴廊停了下來，「那天父皇處置紅綃時，你可在場？」

「不，我趕到殿外之時，一群臣子侍從都已經退了出來。之前發生的事，包括起因以及聖君震怒之事，我都是聽人轉述。」化雷回答，「聖君當時一聽緣由就勃然大怒，接著臣下們反對聖君立即處置紅綃公主，聖君就讓人全部退了出來。殿內那時只有聖君、回舞公主，和紅綃公主在。之後不久，就見聖君喊人帶著紅綃公主前往不周山。我當時沒料到會出意外，所以沒有派人跟著。至於到底兩位公主和聖君在殿內說了些什麼，應是無他人知情。」

「那些押著紅綃去不周山的人呢？」

「回大人，出事之後，聖君怒其失職，已經把侍衛處決了。」化雷嘆了口氣，「化雷無能，沒能勸阻聖君三思。」

「這麼說來，你也覺得這中間大有文章了？」熾翼沉吟著，「紅綃向來膽小，在父皇面前自然不會承認，我也不便聽取一面之詞。不過……」

如果是如先前所想，倒是沒什麼不對的地方……可是總有些奇怪……到底是哪裡不對……

對了！紅綃古古怪怪的……是受了驚嚇有些失常？還是自己把話說得太重，所以她才會那麼不自在？

或者兩者都有……

「化雷。」熾翼有些猶豫地問，「紅綃本來就是那個性子，我沒有好好安慰她，還說了重話嚇她，是不是有點不近人情？」

「大人……對紅綃公主……」化雷一愣。

「怎麼了？」熾翼皺起眉，「有什麼好奇怪的？」

「啊！大人雖然平時對回舞公主……不過對紅綃公主，向來都是輕聲細語的。」

化雷抓了抓頭，「我只是想像不出大人會對紅綃公主……不太溫和。」

「是啊。」顧念紅綃的處境和遭遇，所以就算再怎麼生氣，應該盡量地克制才對，

「其實不全是她的錯，結果更是遠沒有預料的嚴重，可我為什麼就……」

「什麼？」化雷沒有聽清，茫然地問著。

熾翼緩步往前走去，心裡隱隱約約地躁動起來。

明明可以更溫和地將想法表達清楚，比如婚期的更改，可話到了嘴邊就不受控制地冒了出來。

當時……覺得不舒服……心口……

「大人！赤皇大人！」亦步亦趨的化雷看到他要往地上倒去，連忙伸手攙扶，張

口欲呼，「來……」

「不！」熾翼拉住他：「不要叫人！」

「大人，您怎麼了？」化雷的臉色比熾翼更加難看。

「沒什麼，不許叫人！」熾翼喘著氣說，「我沒事！」

「大人！」化雷的目光掃過了他頸邊，整個人立刻僵直得像塊石頭，「這是……這是……這這這這……」

熾翼一把捂住自己的脖子，閉著眼睛強迫自己調勻呼吸。

「化雷。」一刻之後，他看來已經恢復如常。

「是！」相比之下，化雷得臉色灰敗至極。

「化雷，你剛才看見什麼了？」熾翼低頭整理著衣領。

「回大人，化雷什麼都沒有看到。」化雷跪在地上，極為認真地回答。

「你又不瞎，怎麼會什麼都沒看到？」熾翼笑了一聲，「起來吧。」

「大人，這……這該怎麼辦？我們該怎麼辦？」化雷依舊跪在地上，慌張地說，

「要是……要是您真的……那……」

「鎮靜一點。」熾翼一腳踢了過去，成功止住了化雷的顫音，「起來說話。」

「是！因為太過突然，化雷才會如此失態，請大人恕罪！」化雷站起來，拍掉了肩上的鞋印，「大人放心，此事除了化雷，不會再有第三人知道。」

「所有人遲早都會知道，不過現在還不是時候。」熾翼負著手，抬頭看向迴廊外的天空，「還有一段時間，只希望到那一天，要做的事都已經做完。」

化雷在他身後站著，看似鎮定，實則憂心如焚。

誰能料想得到？赤皇大人竟然……

眼前身影移動，化雷連忙收起滿腹心思，跟在熾翼身後。

越走，他卻越覺得奇怪。

「大人，您這是要去……」他還是忍不住問道。

「我要去探望回舞。」穿過花園，回舞居住的宮殿赫然就在眼前，熾翼輕聲地嘆息，「如果她能懂事一些，我也就不須這麼擔心了。」

7

「都出去吧。」熾翼摒退了回舞宮裡的隨從和侍女，並且吩咐，「化雷，你去外面守著，不許任何人靠近，我和公主有事要談。」

化雷應了，帶著眾人走了出去，關上大門。

熾翼撩起珠簾，走進回舞的臥房。回舞趴臥在床鋪上，美麗的臉上沒有絲毫血色，一副氣息奄奄的模樣。

熾翼走到床邊。

「妳這是在悔過還是使性子？」他看了桌上沒有動過的食物一眼，「或者妳是覺得給我找的麻煩還不夠？」

「不是……」回舞扇動著長長的睫毛，虛弱地回答：「我不想吃……」

「為什麼？回舞，妳年歲也不小了，為什麼還是這麼不懂事？妳可知道，妳這麼做會有什麼後果？」熾翼惱火地背著雙手，走到窗邊，「雖然現在我們和水族各據一方，看似分庭抗禮，但事實上這種局面正在改變。妳以為我們還像以前一樣，真的能夠靠著武力完全壓制水族嗎？不說別的，蒼王、白王，還有寒華，有哪一個是易與之輩？而我們火族在這幾萬年裡，根本沒有出眾的人才。若不是顧忌我的力量正在巔峰之期，水族怎麼肯輕易訂下長久的盟約？」

身後響起了細碎的抽泣聲。

「我為什麼同意讓紅綃遠嫁水族？我又為什麼一次一次遠去東天，向東溟帝君俯首稱臣？」熾翼背後的雙手握緊成拳，「我需要紅綃嫁到水族，是需要紅綃的這一層關係讓東溟帝君為我們見證盟約。這樣一來，就算我力量衰竭，共工也會有所忌憚，不敢輕易毀約。如果這次紅綃沒有救回來，一切不就付諸流水？妳難道真的想要整個火族為妳毫無道理的驕橫，付出無法預計的代價？」

「我不是……」回舞強忍住了嗚咽，想要為自己辯解。

「我知道妳是因為我，才會對紅綃懷恨在心。可妳有為她想過嗎？」熾翼轉過身。

「妳生來就是天之驕女，闖了再大的禍也從不受罰。紅綃呢？她和翔離一樣是父皇的骨肉，本該受到和妳一樣的寵愛，但只是因為他們的出生應驗了所謂毀天滅地的徵兆，所以出生不久，翔離被父皇祕密處死，紅綃雖然留下了性命，卻也被遠放西方，囚禁在蠻荒之地千年之久。現在把她找回來，不過是因為我們需要一個可以結盟的棋子。如果妳是她，妳可會像她一樣，毫無怨言地接受這不公的對待？」

回舞被他指責的目光直直看著，不禁畏懼地拉住了被角。

「當年父皇要把年幼的紅綃囚禁在荒涼困苦的西蠻之地，我為了平定族人的恐慌，非但沒有阻止，甚至樂見其成。這次聯姻，我還曾對她說，若是她不願嫁去水族，大可以堅決反對。但實際上，就算她再怎麼不願，恐怕也由不得她不嫁。」

熾翼閉上了眼睛，緊皺的眉宇流露出恨意。

「我更是答應父皇，瞞著紅綃關於那雙瓔珞……杜絕東溟帝君對我火族不利的可能。每當想到這些，我都覺得無顏面對她。枉我向來自詡行事磊落，居然對自己無辜的妹妹，做出了這般過分之事！」

「皇兄……這些我都不知道。」回舞被他的樣子嚇到了，「父皇……」

「父皇？他若不是懼於東溟帝君古怪的規矩，恐怕紅綃早就和翔離一樣幼年夭折，哪還有命活到今天？父皇到今天還是覺得，我堅持將紅綃嫁給太淵，不過是想找藉口或者另有圖謀。他和妳一樣，認為水族不是我們的對手，甚至覺得只要略施手段，很快就能夠征服東海。」

熾翼輕笑了一聲，「可這聯姻之說偏偏是我們首先提議，就算悔婚也不能不顧及顏面。妳向父皇挑撥是非，怕是正合了他的心意。這樣一來，非但有足夠的理由不把紅綃嫁去水族，也許還能將她再次趕出棲梧。唯一出人意料的，恐怕就是紅綃跳進煩惱海的舉動了。我在父皇面前打妳，也是給這齣鬧劇找了個臺階，否則父皇又怎容我那麼放肆？」

回舞等了好一會兒，不見熾翼再開口，心裡越來越慌。記憶裡，熾翼哥哥從沒有和她說過這麼多話，還把這麼重要的事情告訴她。

「皇兄……」她抬起眼睛，慌亂地問，「你為什麼……要告訴我這些……」

「因為妳被寵得無法無天，做事毫無分寸，我有時候真想找個藉口，把妳弄死了事。」熾翼毫無表情地看著回舞，嚇得她只想尖叫，「若是妳死了，我不知能少了多少麻煩，省了多少力氣。」

「皇……皇兄……」回舞再顧不得身上的傷，臉色死白地往後縮去。

「妳仗著身分，平時到處闖禍，妳想過妳前前後後總共給我惹了多少次的麻煩嗎？」熾翼嘆了口氣，「如果再放任妳胡鬧下去，我遲早要被妳害死。」

「不是的……」回舞斷斷續續地說，「皇兄，我只是……只是很喜歡很喜歡你，我不要你喜歡別人……所以我……」

「這不重要。」熾翼撫過鬢角，絲毫不關心這些。

「這很重要！」回舞大聲叫了出來，「我最恨這樣了……每一次你都會說……這不重要，不然就是不知道我在說什麼……我討厭你說這樣的話！討厭死了！」

熾翼的手指停在了自己鬢邊，「妳應該知道，不論我喜不喜歡，我如果娶妻，妳一定是不二人選。相較之下，我喜不喜歡妳只是次要問題。」

「你討厭我……我知道你討厭我……」回舞用力地咬著自己的手指，「我小的時候，你總是抱著我，說我可愛……可是自從父皇要你娶我那天開始，你就討厭我。你討厭我……你說你不想看見我……你還想殺了我……」

「討厭？回舞，妳闖了這麼大的禍，我也只是拿鞭子打妳一頓算數。我要是想殺妳，根本用不到第二鞭。」熾翼放下了手，「我氣極了的確會對妳說些重話，但什麼時候真的不管了？還不是照樣收拾妳惹來的麻煩？如果我像妳想的那樣討厭妳，妳還能在這裡抱怨？」

回舞聽到這裡，抬起眼睛看他，目光中重新燃起了希望。

「回舞，我是看著妳長大的，我們相處了這麼久的時間，我怎麼可能不喜歡妳？但是我知道，妳不是想要我的這種喜歡。」熾翼的目光裡有一絲無奈，「父皇的子女之中，翔離早夭，紅綃遠逐西蠻，只有我和妳日夜相對。我對妳的感情，遠勝過對紅綃或者翔離……但，那只是程度的不同，本質上還是一樣。我喜歡妳，完全因為妳是我疼愛的妹妹……」

「我不聽！我不要聽這些！」回舞激烈地打斷了他，「你要嘛殺了我，要嘛就不要說這些話！我寧願被你殺了也不要聽！」

熾翼對上她固執的目光，幾次欲言又止，最後還是沒再說什麼，輕輕地嘆息了一聲。他再次走到床邊，彎下腰拉開那些被她自己咬出血印的手指。

「回舞，妳什麼時候才能長大呢？」熾翼摸了摸她的頭髮，「我今天和妳說這些，只是想要妳知道，妳的熾翼哥哥並非無所不能。我是妳的哥哥，我會盡我所能地保護妳，但是如果有一天，需要在妳和火族的存亡之間做出抉擇，我不會選妳。」

回舞低下頭，一滴滴淚水順著臉頰滾落。

「回舞，不許哭！」熾翼抬起她的下巴，抹掉她的眼淚，緊緊地盯著她的眼睛，「妳是火族公主，擁有這樣的身分，必須學會什麼時候該做什麼樣的事情，什麼時候做出什麼樣的抉擇。如果有一天，我……翔離是指望不到了，而紅綃性格懦弱，沒有主見。雖然妳驕橫跋扈，總愛惹是生非，性格卻是最為堅韌頑強，只要妳能夠改掉浮躁暴戾的脾氣，也許……」

「不要！熾翼哥哥，你在說什麼呢？」回舞因為這些奇怪的話忘記了哭泣，緊抓著他的衣袖，驚恐萬分地說：「我不明白，為什麼要說……」

熾翼對上她慌亂的目光，慢慢地搖了搖頭，「回舞，不要再糾纏在旁枝末節上了，我們需要肩負的責任，遠比情愛更加沉重艱難。」

「不！我不明白！」回舞帶著哭音說道，「熾翼哥哥……」

「回舞！」熾翼突然用力抓住她的肩膀，臉上的表情嚇得她連眼淚都不敢掉出來，「回舞，妳愛我嗎？」

這一句，他問得輕柔婉轉，目光中都是認真的神色，回舞看著他的眼睛，痴痴地點了點頭。

「妳希望我愛妳，如同愛著情人對不對？」

回舞又點了點頭。

「那妳就要長大。我不會愛上一個沒有長大的孩子，一個只知道妒忌的孩子。」

熾翼淺淺地笑著，「我愛的，會是能夠幫助我、心胸開闊的回舞公主。如果妳變成了那個樣子，我就會愛妳，明不明白？」

回舞用力點頭。

「妳會為我改變嗎？」

「會！」回舞咬著嘴唇，「只要你能愛上我，我做什麼都願意！」

「好，讓我看看，我可愛的回舞做不做得到。」他欣慰地摸了摸回舞的頭。

轉過身時，他的笑容卻充滿了疲憊。

情啊愛的，到底有什麼重要？除了讓人變得無法理喻、盲目幼稚之外，簡直沒有絲毫意義。可為什麼總是無法說清，回舞是這樣，還有那個碧漪……熾翼撫著鬢髮，第一次感覺頭痛至極。

在送出書信，正等待水族關於提前婚期回音的時候，適逢棲梧城千年一次的赤蛇狩獵慶典。

赤蛇就是赤冠蛇，因頭部生有紅色頭冠得名。多年前，這條蛇居住在棲梧城四周的山中，牠體型巨大卻無聲無息，又能飛天入地，最愛吞食火族。

火族為此多次圍獵，試圖斬殺，偏偏赤蛇非但體膚堅硬，劇毒無比，而且生性狡猾，躲避在無法仔細搜尋的深山密林之中。每一次的捕殺只是令火族損失更為巨大，毫無收穫。

為了滅除這一禍害，當時只是少年的皇子熾翼孤身一人深入山中。當他拿著從赤蛇身上斬下的紅色頭冠，渾身浴血地返回火族，無人不為之震動。

火族的赤皇之名，自此震驚四方。

現時棲梧周邊已經沒有赤蛇，千年一次的慶典卻保留了下來，通過狩獵的方式來展現火族戰士的強悍無懼。

火族尚武，狩獵是最為熱鬧的活動，為了慶祝，火族依例舉辦了盛大的狩獵宴。由於和水族結盟之勢已定，水族中人亦在邀請之列。水族派來參加的人選不出所料，就是即將成為火族聖君乘龍快婿的七皇子太淵。

太淵從用竹簾遮擋的車中走了出來，被刺眼的陽光一照，覺得有些目眩。

棲梧和千水的氣候真是千差萬別，千水雖然也有這種陽光明媚的日子，但比之棲梧，簡直就是冬與夏的區別。

棲梧正午時分的陽光，會讓人連眼睛也張不開。直到侍從為他支起華蓋，他才略微睜開了瞇起的眼睛。

「七皇子。」遠遠有人迎了上來。

「化雷大人。」太淵拱手回禮。

「七皇子客氣了。」化雷笑著說道，「七皇子來得真是時候，再過一刻，赤皇大人就要射下彩球了。」

「是嗎？」太淵知道，慶典通常是由熾翼射下高懸空中的彩球開始，「還好我沒有來遲。」

「這邊請。」

太淵被請入觀禮席，這是架設在山腰的一處高臺，下面就是棲梧中最大的一處廣場。廣場上，數百戰士一身戎裝，面露緊張之色，無半點聲音。

太淵順著眾人的目光望去，只看見對面的高臺，站著一個豔色的身影。

難得穿著戰甲的熾翼獨自一人站在高臺上面，臂間的暗紅綢帶圍繞著他的身軀在風中張揚飛舞。他慢慢拉開弓弦，對準了更高處懸掛的彩球。

手指一鬆，箭矢疾射而出。

懸著彩球的細絲應聲斷裂，彩球被箭矢帶著，飛往一望無際的群山之中。一時間，歡聲雷動，先前如石像般的戰士們群情激昂，一個個吼叫出聲。

火族的戰士果然強悍勇猛，看這聲勢……

正低頭下望，沉浸在思緒中的太淵，突然覺得眼角飛來一道暗影。抬眼看時，紅影翩躚，熾翼已經從那頭飛了過來。

「七皇子，你來了啊！」熾翼笑著拿過了化雷遞來的長鞭。

「是的，赤皇大人。」太淵因為他異樣的稱呼微微一愣。

他不總是直呼自己的名字嗎？為什麼會……

「等著我出獵呢！我就不招呼你了。」熾翼有些心不在焉地揮了揮手，「化雷，替我好好招待七皇子，別怠慢了貴客。」

「是！」

「過些時候再見吧！」熾翼看似興致高昂，轉身就飛了出去，落在火鳳的背上。

他。

隨著熾翼一聲令下，一隻隻火鳳不斷飛起，滿載著參加狩獵的戰士們飛往山中。

「七皇子，七皇子！」看見太淵一個勁地盯著已經沒人影的方向，化雷輕聲喊

「是！」太淵回過神來，隨著化雷離開了高臺。

「七皇子可是也想去看看？」化雷看他像是戀戀不捨地一再回首，笑著說，「您放心，狩獵會持續三日，要是七皇子有興趣，明日再去也不遲。今日您遠道而來，還是先休息休息，養足精神吧。」

接著，化雷和他講述慶典活動以及狩獵的趣事。太淵隨意點頭，並不是很有興趣的樣子。

遠遠看見重重飛簷，太淵突然想起了什麼：「化雷大人，紅綃公主可好些了？」

「蒙七皇子費心，公主已經康復了。可惜狩獵慶典期間，女眷必須留在自己宮中不得外出，恐怕七皇子這次無緣一會佳人。」化雷帶著戲謔的笑容看了他一眼，似乎在笑他沒男兒志氣，一味惦記著兒女情長。

「化雷大人見笑了。」太淵不好意思地笑了笑，「只要公主平安就好。」

直到晚宴之時，也不曾見到祝融。

化雷說，祝融聖君「身體不適，去往別處散心」。

身體不適？恐怕是心裡不舒服吧！這個慶典，幾乎是為頌揚赤皇的功績而舉辦的。雖然是自己兒子，但是那種足以遮蓋一切的光芒，想必也讓祝融心裡不怎麼痛快。畢竟，他才是火之聖君，這座城池的真正主宰。

赤皇散發的光芒，實在太過耀眼。果然，在有著權力爭鬥的地方，這種微妙的關係多多少少都是異曲同工……

「化雷大人，可是有什麼不對？」化雷坐立不安的樣子讓太淵感到驚訝。

「沒什麼……」嘴上說著沒什麼，侍官的一趟趟低聲回報，卻讓化雷眉頭越皺越緊。

「化雷大人！」這時，又一個侍官跑了進來，滿面慌張。

化雷猛地站起，快步迎了過去。

「什麼？」這次化雷非但變了臉色，連聲音都變了。

接下來，幾乎還沒有真正開始的宴會草草結束，太淵被請回了房間。從窗子看出去，能看到遠處棲鳳臺上如同白晝，不時有火鳳起落。甚至本來訓練有素的侍官僕從們也交頭接耳，人人憂形於色。他站在窗邊，閉上眼睛也能嗅到空氣裡浮動的不安氣息。

「七皇子。」

「是什麼事？」他睜開眼睛，語氣淡然地問道。

「赤皇失蹤。」那個隱於暗處的灰色影子簡短地回答。

「失蹤？」太淵一愣，「原因呢？」

「赤皇追捕獵物，獨自深入西南方一處山中，入夜後那處山林突然毒瘴瀰漫。火鳳在空中難以靠近，火族眾人憂心赤皇，正一籌莫展。」

「我明白了，你去吧。」太淵微一點頭，那灰影隨之消失。

太淵想了想，進到屋裡換了一套暗色的衣物，從窗口躍出，小心避過了眾人的耳目，往西南方向去了。

濃重的瘴氣之中，熾翼一步一步地往前行走著。

朦朧的紅色光芒在他四周形成了一道屏障，幫助他抵禦瘴氣中夾帶的劇毒。他走到一處空曠地後停了下來，捨棄長鞭不用，而是拔出了腰間的佩劍。在他身後，突然出現了兩點金色光芒，不過一個眨眼，那光芒已經無聲無息地放大了數倍，像兩盞巨大的燈籠一樣到了熾翼的背後。

熾翼似無所覺，動也不動地站在原地。

這時的距離已能看清這金色燈籠是什麼東西，那居然是一雙發出金光的眼睛，一雙屬於動物的眼睛。

光是眼睛就比熾翼還要大上許多，可以想見這雙眼睛屬於何種龐然大物。

「果然。」熾翼勾起了嘴角。

巨大的紅色信子眼看就要捲上熾翼身體……

「危險！」就在這個時候，另一個影子從樹林間飛竄出來，一道冷光朝金色的眼睛刺了過去。

熾翼當即轉身，一道火焰從他掌心竄出，一時光芒大熾，映出了身後頭長紅冠的巨蛇之外，更加映出了那個喊著危險衝出來的傢伙。

「太淵？」這實在太過出乎意料，熾翼怎麼也沒有想到衝出來的居然是他。

太淵的劍已經刺上了赤蛇的眼睛，心裡卻毫無喜悅之感，因為任憑他用盡力量，也無法刺穿這應該最為柔軟的器官。

「該死！」看見赤蛇的信子纏上了太淵，並且毫不費力地把他一口吞下肚，熾翼忍不住低咒了一聲。

他沒有猶豫地縱身飛起，衝進了赤蛇張開的血盆大口。

赤蛇體內腥臭味令人作嘔，熾翼強忍著不適，直衝到牠腹中尋找被吞下的太淵。

頭暈目眩的太淵只覺得從一片冰冷濕滑的液體中，被拉進了一個溫暖懷抱，一雙在黑暗中也閃爍著光亮的眼睛，正在很近很近的地方望著他。他剛想開口說話，一種溫熱柔軟的觸感快一步地抵在了他的唇上。

似曾相識的炙熱氣息湧進了嘴裡，他驚愕地瞪大了眼睛。

不知什麼時候開始，黑暗退去，他清清楚楚地看見了那張近在咫尺，好像在散發著光芒的俊美臉龐。

熾翼……

足以令他暈厥的熱氣不但在身體外面，甚至在身體裡面翻騰著，逼得他幾乎喘不過氣來。

感覺到他往下滑落，腰間的力道驟然加重，兩人的身體毫無間隙地貼在了一起。

昏昏沉沉的太淵不由自主地伸出了手，摟住了這個比火焰還要熾熱的身軀。

太淵醒來時，第一眼看見的就是熾翼。他側躺在地上，而熾翼就躺在他的身邊。

「熾翼……」

「你好點了嗎？」聽到了聲音，熾翼側過頭看他，「有沒有哪裡不舒服？」

他搖了搖頭。

除了身體有些發熱，讓他覺得無力之外，一切還好。

「剛才……」就像是做夢，他夢見了……

「情況緊急，我不得不用紅蓮之火燒了赤蛇。」熾翼指了指他的身後，「你是水族，力量也不足以抵禦紅蓮之火，雖然我渡了氣給你，難免還是會不舒服。」

太淵側過頭，看向熾翼所指的方向。一半被燒成黑色的赤蛇殘屍像山一樣倒在那裡。

「我不是有心拖累赤皇。」太淵帶著歉意低下頭，「只是我沒有想到居然會是赤蛇，我還以為在許多年前就……」

「當年我把赤蛇一切為二，牠的尾部逃走了。」熾翼輕鬆地回答，「我本以為牠應該死了，沒想到又長了出來。」

太淵看著他的表情，突然醒悟了過來：「原來你早就知道牠在背後，是我冒冒失失……」

「謝謝你衝出來救我。」熾翼打斷了他。

太淵愣住了。

熾翼美麗的眼睛裡映出了他的臉。

「傻小子！」看著他傻愣愣的表情，熾翼心情大好，伸手揉亂了他的頭髮，「我還以為你人長大了，會變得機靈些，沒想到還是和以前一樣傻。」

熾翼修長的頸項、鮮紅的印記，在夜色中反射著柔和光芒……太淵急忙垂下眼簾，沒有再看。

「你放心，等日出之後瘴氣就會散去，很快會有人找來的。」熾翼疲倦地打了個哈欠，「你也累了吧，我們睡會兒好了。」

剛才顧著不要傷及太淵，抑制紅蓮之火實在消耗了他太多力量，疲倦的身體急需休息。

迷迷糊糊要睡著的時候，突然覺得有些冷了，向來隨心所欲慣了的赤皇大人，自然把最近的可以拿來取暖的東西拉了過來。

剛才渡給他的氣息還沒有消散，太淵身上依舊殘留著溫暖的熱度。

太淵目瞪口呆地看著把自己拉到身邊摟著的熾翼，不明白何以變成這樣的局面。他的臉就在熾翼的頸邊，一種獨有的氣息若有似無地縈繞在鼻翼。

火焰的香……

他抬起頭，熾翼閉著眼睛，溫熱的呼吸吹拂到他的臉上，格外鮮紅的唇色就像是……

「太淵……」

「啊？」太淵心跳都停了，有一瞬幾乎以為自己做出了什麼可怕的事情。

熾翼只是更加靠近他，然後不是很清醒地說了一句：「你要是個公主……那該多好……」

「為、為什麼？」太淵有些結結巴巴地問道。

「如果太淵是公主……」

熾翼的後半句說得實在太過含糊，太淵沒能聽明白，但他看見了熾翼唇畔那抹笑容。

這種笑容，就像是兩百年前，熾翼看他時常帶著的笑。是在調笑，就像是逗弄一個無知的孩子。

漸漸……體內炙熱的溫度漸漸被寒冷夜風驅散了……

8

夜靜更深，輕盈的步履在他身後停下。

「赤皇大人。」

「太淵？」獨自站在棲鳳臺上的熾翼轉過身，看著身後的太淵，「有什麼事？」

「慶典已經結束，我明日一早就要啟程返回水族，特意來向赤皇辭行。」太淵微低著頭，一派謙恭有禮。

「是嗎？」熾翼點了點頭，「婚期緊迫，你是該回去好好準備。」

「大婚之時，太淵會在千水恭迎赤皇大駕。」太淵看了看熾翼，一副欲言又止的樣子。

「想問什麼？」熾翼勾起嘴角。

「我不怎麼明白，為什麼那日赤皇大人會在眾人面前說……是被太淵所救？」這幾天，這件事一直盤桓在他心裡。

那一天清晨，在有人尋到他們之前，熾翼徹底焚燬了赤蛇的屍身。待化雷等人趕到，熾翼卻說赤蛇偷襲之時，全虧太淵及時重創赤蛇，他才沒有被赤蛇所傷。

「太淵，你和紅綃很快就要成婚了。」熾翼走近兩步，把手放到太淵肩上，「你們成婚之後，某種意義上來說，你也算有一半是我火族的成員。」

太淵的視線沿著他的手指移到了他的臉上，然後點頭說是。

「在棲梧城，公主的丈夫或者水族的王子這一類頭銜，遠遠比不上一個勇猛的戰士能夠得到更多的尊敬。」用了戰士這個詞，熾翼看著眼前溫文爾雅的太淵，還是為了兩者之間的反差笑了起來。

「赤皇用心良苦，太淵很是感激。」太淵跟著淺淺一笑，「其實赤皇不必如此為太淵費神，我知道自己沒什麼出息，恐怕遲早要辜負赤皇的厚望。」

他多少猜到了，但是……心裡很不舒服……

「妄自菲薄。」熾翼斂起笑容，收回了手，似是有些不快，「太淵，你什麼時候開始覺得我看不起你？」

「不！」太淵嚇了一跳，急忙辯解，「您不要誤會，我知道您沒有這個意思。」

「太淵，你就抬頭看看！」

太淵抬起頭，滿天繁星映入他的眼裡。

「說我狂妄也好，說我自大也罷，我看不起的人就像這天上的星辰一樣地多！」熾翼張狂一笑，「狂妄自大，我熾翼本來就是這樣的人。」

熾翼烏黑的眼這一刻如光海一般閃爍不定，太淵靜靜地看著，俊秀的臉上沒有任何情緒。

熾翼把視線移回到太淵的身上，輕描淡寫地說：「七皇子太淵，我從來沒有看輕過你。」

「是，太淵明白了。」太淵低下頭，藉著行禮避開了和他目光相觸。

熾翼沒有再說什麼，抬頭看回夜空。太淵看他像是不想再和自己說話，輕聲告退。

太淵沿著小徑緩步走著，就要回到屋裡的時候，突然想起了自己為什麼特意去找熾翼。他從袖中取出青色絲穗編結環繞的暗紅血玉。

就著月光，溫潤的血玉發出瑩瑩紅芒，如同它所代表的那個人物。

他想了一想，最終還是決定把這塊代表著赤皇權力的令牌還給它的主人。

沿著高聳的臺階向著棲鳳臺級級往上，就在快要到達的時候，風裡傳來了說話的聲音。

「我不明白妳在說些什麼。」熾翼平靜的語調之中竟然隱約帶了一絲怒意。

「皇兄……」緊接著，另一個輕柔的聲音也傳了過來。

太淵一愣，站在了原地。

「紅綃，已經晚了，快回宮去。」熾翼轉過身，背對著對方的臉上浮現出深藏的不滿。

「我知道我不該說這些話的，但我還是想告訴皇兄……」紅綃低著頭，聲音有些發顫，「錯過了今夜，恐怕……我再也沒有這種勇氣了。」

「我不想聽。」熾翼淡然地打斷了她，「既然妳知道不該說，那就別說。」

「不！」紅綃抬起頭，水色盈盈的眼裡帶著從未有過的堅持，「我今天一定要說。」

向來怯懦怕事的紅綃竟然用這樣堅決的語氣說話，熾翼有些錯愕。

「皇兄，三百年前，我第一次見到你的時候……就像我夢中時常見到的景象，你穿著火紅的衣服，從天而降……」紅綃直直地盯著熾翼紅衣翻飛的背影，目光恍惚迷離，「對紅綃而言，帶著我離開那個地方的皇兄，就像是夢中才會出現的人。有好一陣子，我都不敢睡覺，害怕醒來發覺一切都是做夢，皇兄你並不是真實存在的。」

熾翼轉過了身，幾步之遙，站著同樣一身紅衣的紅綃。他仔細地看著這個在印象中總是低著頭、極少言語的妹妹。

紅綃正看著他，那雙充滿了堅持的眼睛，一瞬之間，看來竟有一絲熟悉。

「不管皇兄你相不相信。」紅綃輕柔的聲音在風裡傳遞，「紅綃自認對於皇兄的心意，絕不輸給回舞皇姐。」

「紅綃。」熾翼終於開了口，卻不是想像中的勃然大怒，而是和以往一樣的聲調，「我知道妳在西蠻受了多年的苦，對我的出現自然印象深刻，有這種錯覺不足為奇。但過不久妳就要嫁去千水，成為太淵的皇妃。到這個時候，也該把這些荒唐的念頭拋開了。」

「我知道皇兄會這麼說的……」紅綃的聲音有些低落，嘴角帶著一絲微笑，目光卻一刻也沒有移開，「但皇兄你不是紅綃，你怎麼知道這是錯覺呢?皇兄你說這些是荒唐的念頭，但我想告訴皇兄，其實在還不知道你是我皇兄的時候，紅綃就有了這個念頭。若不是這個念頭，皇兄你以為我為什麼來到這裡?」

「什麼……」熾翼愕然地問道，「妳是說，妳是為了……」

「見到你的第一眼我就知道了，你不可能屬於任何人，就像沒有人能夠擁抱紅蓮之火……我這一生也許都只能偷偷地看著你。」

紅綃幽幽地嘆息了一聲，「但是當你對我說出那些話的時候，我卻想都沒想，選擇跟隨你回到了這個地方，回到了遺棄我和要殺翔離的父皇身邊。只是想著，哪怕只是偷偷地看著你，我也就心滿意足了。」

「夠了!」再怎麼努力克制，熾翼的眉頭還是皺了起來，「紅綃，妳知不知道自己在說些什麼?」

「不知道的，只有皇兄你啊!你又知不知道，我是如何下定了決心，才來見皇兄的呢?」紅綃側過頭，俯視著夜色下燈影綽綽的宮城，「就算你不知道，也猜上一猜可好?」

夜風撩起紅綃烏黑的長髮，蒼白的側臉在朦朧月色下幾近透明，鮮亮的紅衣只是讓這種脆弱的美麗更顯突出。

紅綃，這麼脆弱易傷的紅綃……熾翼的心微微一顫。

不用猜了，要讓紅綃說出這些話來，需要花費她多大的勇氣和決心，他怎麼可能會不知道？

「不用猜了。」熾翼緩緩地回答，「關於妳的想法，我什麼都不知道，也不感興趣。我只當妳還沒有從驚嚇中恢復過來，才會說這些不知所謂的胡話，但今後不要再讓我聽見了。不然就算妳是我的妹妹，我也不會饒了妳。」

「為什麼是回舞，紅綃就不行嗎？」紅綃沒有看他，輕聲地問，「除了不能為你生育子嗣，我有什麼地方比不上皇姐？」

「沒有。」熾翼搖頭，「如果不考慮這一點，她沒有什麼地方及得上妳。」

他說完之後，看見晶瑩的淚水從那雙狹長的鳳眼裡滑落出來。他知道自己不會心軟，也不可以心軟，哪怕……

「一樣是純血皇族，卻沒有繁育的能力……只是這一點，我就永遠都比不上她。」

紅綃用手指擦去了那唯一落下的淚水，自嘲地笑著，「我想，我唯一的用處就是嫁給那個水族皇子，成為他的皇妃，好完成皇兄和水族結盟的心願吧！」

「既然妳都明白，為什麼還要對我說這些話？」熾翼掉轉了目光，「事到如今，說這些沒有用處的話，毫無意義。」

「在皇兄你的心裡，恐怕沒有任何東西能與火族相提並論，你所做的，都是為了火族的強盛。」紅綃笑了一聲，神情有些奇怪，「我都明白……但只要想到我很快就要離開這裡，就要嫁去水族，然後永永遠遠回不來……一想到要永永遠遠和你隔著千山萬水的距離，我就不甘心！就算是死在煩惱海裡，可能也好過這樣吧！」

熾翼終於移開了視線。

「皇兄，你不必為我這些話感到煩惱，我還是會如你所願，乖乖地嫁給那個只見了一次面的皇子，乖乖地做他的皇妃。」紅綃定定地看著他，「我今夜來找皇兄，只是希望你知道，紅綃愛著熾翼。若是我不說……怕是會永遠覺得遺憾，僅此而已。」

「紅綃。」在紅綃轉身離去的時刻，熾翼喊了她的名字。

紅綃停了下來。

「我不明白。」熾翼看著她的背影，迷惘地問道：「妳愛著我，我還強迫妳嫁給別人，這樣的我，到底有什麼好？」

「我想是因為，你早就在我心裡扎了根，拔也拔不出來了。」背對著他的紅綃就像是要被風吹走一樣，有些搖搖欲墜，「若我不是先遇見了你……」

「紅綃，妳恨我嗎？」

「不！」紅綃連聲音都在發抖，「是我自己活該，明知道愛上了你，遲早要被紅蓮之火吞噬乾淨……」

「紅綃！」熾翼看她身子一軟，從臺階上滾了下去，連忙縱身飛起，臂上的長鞭往她在臺階上翻滾的身軀捲去。

收力一拉，紅綃輕盈的身軀在空中翻滾了幾圈，最後落到他的懷裡。他抱著紅綃，落在了下一階的平臺之上。

「妳沒跌傷吧！」他低下頭，卻看見那張蒼白的臉上已是淚流滿面。

「皇兄……」紅綃的聲音哽咽。

「妳回去好好睡上一覺，明早起來，要把這些事忘得乾乾淨淨。」熾翼說完，就要把她放到地上。

「皇兄，你送我回去，好不好？」紅綃一把抓住熾翼的衣服，靠在他胸前哀求著，「是最後一次……就像在西蠻一樣，帶著我飛回去，好不好？」

熾翼想要拒絕，最後還是暗自嘆了口氣，足尖一點，抱著紅綃飛上天空，朝她所住的宮殿前去。

在熾翼方才站立的平臺邊，巨大的玉柱之後，走出了一個青色的身影。那雙冰冷的眼睛，遙望著天空。

「熾翼……」蒼白的嘴唇微微翕動，「紅綃……」

溫潤的玉在用力緊握的指掌間散發出光芒，那瑩瑩的紅色……如血一樣……也不知站了多久……

「太淵！」

他手一鬆，血玉往地上摔去。

紅影一閃，就要摔落地面的血玉已經不知所蹤。

他慢慢轉過身，一個紅衣飄搖的身影站在那裡，手中拿著的，就是那塊差點被他摔碎的血玉。

「你在這裡做什麼？」紅色的身影向前走了幾步，月光清晰地照在那張總是帶著幾分狂傲的俊美容貌上。

太淵深吸了口氣，對上那雙流轉不定的烏黑眼眸。

「赤皇大人，這是你當年給我的赤皇令，我想也是時候物歸原主了。」太淵匆匆行了禮，轉身就走。

眼前一花，那張臉突然近在咫尺，太淵連忙停了下來，退後兩步。

「站了很久吧？」熾翼低頭看著手裡的赤皇令，然後看了看眼前的太淵，嘴角勾起微笑，「你都聽到了。」

太淵的心跳亂了。

「要不是你剛才情緒激動，發出聲響，我都不知道還有人在。」急著趕回來，原本是想尋找線索，然後再想法子暗地處置了，卻沒想到……

「是你啊！太淵。」

熾翼的眼睛……這雙眼睛看著我的時候會帶著縱容，會帶著捉弄，卻從沒有……殺意……

他……想要殺了我……熾翼竟然想要殺了我？

那個總是帶著親暱的笑容看我，用寵溺的語調對我說話，對我那麼特別的熾翼……想要殺了我……

也許只是一閃而過的念頭，也許他不會對我出手，但是，他動了這個念頭！

為什麼？

對了！因為要掩飾紅綃對他的情意！因為他要讓紅綃順利地嫁給太淵，要讓水火兩族結盟，為此，他會掃除一切不利的障礙。

他不殺我，只因為我是太淵，我是「紅綃的夫婿」！

如果我不是，他會殺了我，毫不猶豫地殺了我！

「太淵，怎麼了？」熾翼微皺著眉，伸手想要碰他，卻沒想到太淵避開了，還用一種古怪的眼神看著自己，「你沒事吧？」

「赤皇請恕罪，太淵並非有意冒犯。」太淵聲音艱澀地說：「不論赤皇如何處置，太淵都絕無怨言。」

熾翼聞言一愣。

「你這傻小子還真是夠傻！」他輕聲地嘆了口氣，「這種事若是他人聽到，為了紅綃的名譽，我當然是要滅口。但是這個人是你，我又怎麼會殺你？」

「熾……」

「你是太淵啊，紅綃未來的夫婿。」熾翼朝他笑了笑，「紅綃就要嫁給你了，我怎麼能殺你？要是殺了你，紅綃要嫁給誰呢？」

從指尖開始，太淵只覺得有一股冰冷的氣息在體內四處流竄，最後所抵達的地方，是他的胸口……

因為你是太淵……因為你是水族的皇子……因為你是紅綃的夫婿……因為……

「你不要誤會，紅綃和我之間沒有什麼。」熾翼試圖找出讓太淵釋懷的理由，「當她知道要離開自己熟悉的環境、熟悉的親人，嫁到遙遠的千水之城，自然會覺得害怕，會覺得孤單。她有那樣的錯覺，只是因為她不捨得離開相處多年的地方。給她一點時間，她就會把這種錯覺拋開了。」

「是嗎？」太淵茫然地反問，「錯覺？」

熾翼看到太淵的反應，又皺了一下眉頭。

「赤皇，你可有心？」

「什麼？」熾翼沒有聽清。

「為了火族，你可以犧牲一切嗎？」太淵略微抬高了聲音。

「不錯，一切！」熾翼看著腳下的宮城，「這是職責，作為護族神將，我的職責就是守護這裡。」

「我知道了。」就像紅綃說的那樣，他的心早就被職責占滿，放不下任何東西了。

他不愛紅綃，誰也不愛，他愛的只有「火族」。

「太淵。」太淵的眼中似乎深藏怨懟，讓熾翼心裡很不舒服，「我知道你喜歡紅綃，發生這種誤會，難免會覺得鬱悶，但我和她真的沒有什麼。」

「我知道了。」太淵點頭。

「你不信？」

「我信。」太淵還是點頭。

「真的？」熾翼雙眉一抬。

「真的。」

熾翼手一抖，火紅的鞭子纏上了太淵的頸項，一下子就把太淵扯到了自己面前。

「你不相信！」熾翼瞇起眼睛，心裡火氣翻騰，「不許敷衍我，太淵！」

「不知道赤皇大人想聽什麼，請大人明示，太淵照說就是。」太淵恭恭敬敬地回答。

「相信就是相信，不相信就是不相信！」熾翼手中用力，把鞭子勒緊，「你最好不要隨便敷衍我！否則就算你是太淵，我也照殺不誤。」

直到太淵臉色發青，熾翼才鬆開了些許力氣。

差點沒命的太淵大口喘著氣，到現在，他終於真正明白，為什麼大皇兄奇練會說那樣的話。

熾翼這人自恃狂傲，性格多變，和他交往如履薄冰。他現在雖然看似偏愛你，但只要一個不對，說不定自此以後連看也不會多看你一眼。

偏愛一個人，可能只是赤皇大人一時興起的遊戲。轉念之間，他可以面不改色地動了殺機……

「好！」太淵抬起頭，直視著熾翼的眼睛，「我不相信，你殺了我吧！」

「很好！」熾翼收回長鞭，臉色卻不見緩和，「你要怎樣才會相信？」

「我只相信自己所看見的、自己所聽見的。」太淵後退了幾步，臉上也布滿陰霾。

「你看見了什麼，又聽見了什麼？」熾翼怒極反笑。

「我愛的人，愛著我崇敬的人，而這個人非但一手促成了我們的婚事，甚至在知道之後，絲毫不為所動。」太淵看著他，「火族的赤皇素以性格果斷聞名，沒想到居然連愛慕著你的紅綃也能如此殘忍地對待。你對紅綃尚且如此，對別人怕是更不用說。」

「說得好！」熾翼仰起頭，「那麼你覺得我怎麼做才不殘忍？我娶了她，你又該怎麼辦呢？別的尚且不說，你真的願意讓我娶她？」

熾翼……要是娶了紅綃……太淵抿緊了嘴唇，不再說話。

「我就知道你不願意。」熾翼看他矛盾痛苦的樣子，有些心軟，「好了，太淵！你心疼紅綃我能理解，你恨我奪愛我也明白。我欣賞你的執著，但不要用它來逼我生氣。否則我生起氣來，真的不顧一切娶了紅綃，你只能偷偷躲起來哭了。」

「不！我不會……」

要是你敢娶她，我會先殺了你！只能是我一個人的！誰也不許搶走！

太淵低著頭，腦海裡一片混亂。

他聽見熾翼嘆了聲氣，然後一雙溫熱的手抬起了自己的臉。

「太淵，你冷靜些！我們都要冷靜一些！」熾翼的臉上褪去了怒火，眉宇間像是有些疲倦，「你信我或者不信我，婚事都會照常舉行。你要記得，你和她會相處很久很久，遠超過我和她相處的時間。就算她討厭你，只要你對她好，時間長了，什麼都會改變，她就會忘記為什麼討厭你，一心一意愛上你了。何況，她根本就不討厭你。」

「你不會娶她的，對不對？」太淵認真地盯著他的眼睛，想要得到肯定的答覆。

剛問完就聽見笑聲響起，然後他看著熾翼把額頭靠到了他的肩上。

「傻小子，逗你的！」熾翼靠在他的肩上，「不要這麼認真和執著，雖然這樣的太淵很可愛，但會很辛苦的。」

「你說的話很矛盾。」一會兒讓他執著認真地喜愛紅綃，一會兒卻讓他不要那麼執著。

「對於一定要得到的東西，就發揮你的執著，一定要得到為止。但是可有可無、不影響最終目標的東西，不妨用輕鬆的態度對待。」熾翼攬住了他的肩頭，「認真和執著的性格沒有少讓你吃苦吧！你這傻小子只長個頭，沒長記性。」

太淵側頭看他，只能看見他的頭髮和頰邊的鳳羽。

「你要是不夠機靈，紅綃不是要和你一起吃苦嗎？」熾翼抬起頭，露出了帶笑的眉眼。

「她愛的是你。」思及此，太淵心裡一痛。

「你聽不聽得懂我在說什麼？」熾翼又是嘆氣，他最近嘆氣的次數已經比之前幾萬年加起來都多了，「你放心，我有辦法徹底斷了她的念頭。等你娶了她，好好疼愛她，她自然而然就會向著你的。」

「什麼法子？」

「這個就不用你操心了。」熾翼走到平臺邊緣，看向宮城的某處，喃喃地說道，「其實是遲早的事情，早些晚些沒有什麼區別。」

9

「明珠百顆、紅綢百丈、珍珠十斛……」

一擔擔、一箱箱結著紅綢的珍寶綾羅被抬上殿，不久就擺滿了一片。化雷唱單完畢，將禮單呈給主位上的祝融。

「好。」祝融隨意一瞥，把禮單放到了一邊，朝站在階下的奇練和太淵說道，「東海果然富庶豐饒，這聘禮我就收下了。」

「多謝聖君笑納。」站在太淵前面的奇練溫和一笑，「這次行聘稍微倉促了一些，但還請聖君放心。行禮之日，水族定然會好生準備。」

「白王費心了。」祝融回過頭，朝著金色紗帳後坐著的紅綃說道，「紅綃，白王是水族的大皇子，妳日後對他可要好生恭敬，萬不可失了禮數。」

「紅綃見過白王大人。」帳後的紅綃站了起來，對奇練行禮，「紅綃年幼無知，日後還要請白王大人多為照應。」

奇練急忙回禮。

聽到紅綃猶帶幾分沙啞的聲音，一直垂首站著的太淵抬起頭，目光複雜地掃過了紗帳後綽約的身影。

「真是抱歉，我來晚了。」殿外傳來了帶笑的聲音，「奇練，你要來也不事先通知我一聲？」

「赤皇大人。」奇練回過頭，揚起笑容，「這種小事，怎好特意驚動您啊！」

「你什麼時候學得和孤虹一樣牙尖齒利了？」熾翼揚了揚眉。

奇練知道他在調侃自己，不以為忤地笑著。

「妹夫！」熾翼瞇起了眼睛。

直到奇練推了推自己，太淵才恍然地抬起了頭。

「太淵見過赤皇大人。」他拘謹地喊。

「還是這麼客氣。」熾翼誇張地搖了搖頭，「奇練，你這些兄弟們怎麼一個個的性子差得這麼遠？」

「赤皇大人不是時常誇獎太淵性格溫和有禮？」奇練拍了拍太淵的肩膀，「我們這些兄弟裡，你不是向來只對他一人青眼有加？」

「是啊。」熾翼的目光在太淵身上轉了一圈，「他要是不這麼客氣，也許我還會多喜歡他一些的。」

太淵剛要回話，就被祝融的咳嗽聲打斷了。

「父皇！」熾翼走上前去。

「回舞公主。」

「白王大人。」

太淵聽到奇練輕聲的招呼，才注意到跟在熾翼身後的那個人。

穿著粉色的衣裙，精心裝扮過後的火族公主回舞安安靜靜地跟隨在熾翼身後，經過時對著他和大皇兄頷首微笑。

只聽見大皇兄輕聲地在自己耳邊問：「她怎麼看起來有些奇怪？」

他明白皇兄的意思，印象中從不曾在這位公主身上見過這種端莊的儀態，她好像把所有的時間都用來表現她蠻橫嬌縱的一面，可現在看來居然像是完全變了一個人。

太淵這才意識到，火族的回舞公主，為什麼會被譽為南天第一美女。

自信優雅的舉止、精緻無雙的容貌，再加上純血火族獨有的白皙膚色和漆黑眉髮，哪怕站在全身散發著光芒的赤皇身邊，竟然也絲毫不見遜色。

「若是她表裡如一，倒真是這世上唯一能和熾翼匹配的女子。」

聽到了奇練這句感嘆，太淵琥珀色的眸瞳一陣收縮，連眸色也變得深邃。

他的心裡，不知為什麼，突然之間有些慌亂。

「熾翼見過父皇。」像是完全沒察覺自己的出現會讓這座大殿的某些人心神不寧，熾翼只是朝著祝融行禮。

「回舞見過父皇。」回舞站到他的身邊，同樣向著上位的祝融問安。

「你們兩個……」顯然祝融也有些抓不住頭緒，疑惑地問：「怎麼一起過來了？」

熾翼平時對回舞能躲就躲，可現在竟和她並肩出現在眾人雲集的場合，怎叫人不驚訝呢？

何況，按照禮儀，回舞應該站於熾翼左側，現在居然站在熾翼的右手邊……

「咦？」連奇練也注意到這一點，「回舞公主怎麼會站在赤皇右側？」

太淵看了過去，正看見熾翼側頭對回舞微笑。不是戲謔打趣，也不是刻意挑釁，熾翼唇邊的笑容淺淡，卻帶著一絲絲化不開的寵溺。

熾翼踏上臺階，在祝融身邊輕聲說了幾句。別人聽不到他說了什麼，卻都看見了祝融臉上驚訝萬分的表情。

「今天趁著大家都在，我正好有事宣布。」轉身朝對著殿中的眾人，熾翼依舊帶著笑容，「在我火族和水族就要聯姻的此刻，看著紅綃和太淵這對璧人就要攜手連理，我覺得頗為羨慕，所以我決定……在紅綃和太淵成親之前，我和回舞的婚事，就要擇日舉行。」

「什麼？」

「太淵！」

直到奇練拉住他的手臂，不但叫了一聲，還往前跨出一步的太淵才意識到自己有多麼失態。幸虧同一時刻，殿中眾人驚訝之聲此起彼伏，才沒人注意到他的突兀反應。

他急忙低下頭，用力握緊拳頭，拚命緩和臉上的表情，努力壓抑住心裡翻騰的情緒。

「你怎麼了？」奇練輕聲詢問，「不舒服嗎？」

剛才一瞬，太淵的臉上時青時白，看起來有些嚇人。

「沒事。」太淵再次抬起頭來的時候，已經沒什麼異樣了。

這時，回舞走上臺階，將手遞向了伸手等著她的熾翼。塗著粉色蔻丹的手放在熾翼修長有力的掌中，窈窕嫵媚和挺拔俊美的一對儷影，協調得如同一幅絕美畫卷。

你放心，我有辦法徹底斷了她的念頭……

就是這個方法嗎？娶一個他先前避之唯恐不及的女人？

為什麼？為什麼是這個方法？是什麼促使他做出了這樣的決定？難道說，他為了讓紅綃斷絕這個念頭，居然願意……

為什麼？難道說他對紅綃也是……不行！不可以！

好熱！全身的血都在沸騰，那是因為心口……有火在燒！

「啊！公主！」金色紗帳後頭傳出了驚呼聲。

眾人還未消化突如其來的喜訊，就被驚呼引得齊齊往紗帳的方向看去。

「怎麼回事？」祝融皺起眉頭。

「回聖君，紅綃公主突然暈厥了。」紗帳後的女官回報。

「不要驚慌。」熾翼有條不紊地吩咐著，「紅綃她大病初癒，身子還沒有完全恢復，定然是累著了，妳們送她回寢宮休息吧。」

「還不快去！」祝融揮了揮手，紗帳後的侍官們動了起來，將暈厥的紅綃自帳後的通路送出了大殿。

「太淵。」奇練推了推身邊一臉木然的太淵。

「怎麼了？」太淵愣愣地反問。

「紅綃公主暈倒了，你還不跟去看看！」奇練詫異地看著平時細心周到的太淵，「你是怎麼了，怎麼恍恍惚惚的？」

「沒什麼，我這就過去。」太淵急忙上前向祝融告罪，得到允許之後匆匆往外去了。

到門邊時他回首看了一眼，只看見自己的皇兄正向祝融道賀，緊接著殿中人頭攢動，一片賀喜之聲。

站在高處的熾翼俯身在回舞耳邊說了句什麼，回舞輕輕點頭，臉上帶著一絲羞澀，笑容越發嬌美動人。

熾翼的手緊握著回舞……

太淵掉過頭，跨出了殿外。

回舞側頭看著身邊正接受恭賀的熾翼，嘴角忍不住上揚。

終於要嫁給他了，終於可以嫁給他了！這個夢做了太久，所以到現在，還是像在夢境裡一樣。

還記得前天，熾翼來找她的時候……

「我能感覺得到，那一天不會太遠了。」熾翼低聲嘆息，「回舞，我支撐不了太久，最多還有三、四百年，我就必須用紅蓮之火焚燬這個身體，於灰燼中重生，否則的話，這個身體很快就會衰竭而亡。」

回舞張大了嘴，愕然地看著熾翼。

「為什麼要吃驚？我是火族，這個身體自然會有衰竭之時，只不過間隔的時間不是九千年，而是更長。」熾翼笑了一笑，「重生必須要用自身之力，但是我生來就帶著紅蓮之火，我自己都不敢保證能控制得了這可怕的力量。能不能重生，絕對是個很大的問題。何況就算可以重生，我的恢復期至少也要近萬年，到時候也不知會是怎樣的局面。」

「怎麼會？父皇他……」

「父皇幫不了我，他也未必會幫我。除了妳我之外，沒有人會知道這件事情，我也不希望有別人知道。這一點，妳明白嗎？」熾翼看著回舞，見到她點頭才繼續說下去，「我察覺時，離剩下的時間已經不多，所以我才想方設法地促成紅綃和太淵的婚事，讓結盟在我涅槃之期到來前塵埃落定。」

他伸手擋住了回舞想說話的嘴。

「不要多說什麼，現在討論我怎樣度過涅槃為時尚早，我有更重要的事情要告訴妳。」熾翼無奈地笑著，「回舞，雖然這種時候極不合適，對妳也不公平，但是為了鞏固妳我在族中的地位，防止火族在我涅槃之後由內生變，我們必須成親。」

熾翼說出那句話的時候，語氣多少帶著歉疚，但回舞的心裡，不知有多麼狂喜。若說沒有失落的感覺，那是假的，但是和多年的夢想剎那轉為現實相比，這種失落微不足道。

至於熾翼所說的危機，她反倒不是那麼緊張。

就算真如熾翼所說的那樣，她也不怕。熾翼哥哥是最厲害的，沒有任何人和事可以擊倒他，以前是這樣，以後也是。不敗的傳說，只屬於永遠都不會失敗的赤皇。

回舞不由得抓緊了熾翼的手掌。

熾翼俯身在她耳邊說了一句：「緊張嗎？赤皇妃。」

紅霞飛上了回舞的臉龐，她的心都幸福得要裂開了。突然，她感覺到一道視線正盯著自己，寒冷、銳利、說不清地壓抑和敵視……她抬起了頭，朝著感覺中的方向望去。

大殿門口空蕩蕩的，一個人也沒有。

殿外陽光一如方才明媚熱烈，回舞卻不清楚，為什麼自己的心口一陣陣冰冷發怵。

覺得不安，是太幸福的緣故吧！

太淵面無表情地看著不斷在空中飛掠而過的火鳳。

如此倉促地決定婚事，娶一個一直不願意娶的妻子，或許在別人來說十分不可思議，但放到熾翼的身上卻是再自然不過。

熾翼的決定，什麼時候有人能夠揣測了？若不是這麼突如其來，怎麼還能算是他的作為？熾翼和回舞的婚事此時已經傳遍四方了吧！

他就要娶妃了，母后，妳可知道？妳會怎麼樣呢？心碎，哭泣，怨恨命運？還是恨不得殺了那個公主？

她搶走了妳最愛的人，占據了妳心心念念卻永遠無法得到的位置。

赤皇妃，赤皇的皇妃，赤皇的妻子，和熾翼永生相伴的……

聽說火族稱為比翼，過不了多久，那雙光芒萬丈的羽翼旁，就會有另一雙相隨的翅膀。妳沒有，妳永遠也沒有機會和他比翼雙飛，因為妳沒有翅膀，永遠也不會有！

妳生來就是水族，慣於潛行水中，無法展翅飛翔。如果妳知道了，妳會恨不得殺了那個根本配不上他的公主吧！折斷她的翅膀，讓她無法占據那個就應空懸的位置。

無人可以與他比翼，無人可以獨占，那就讓那位置永遠空懸！既然得不到，別人也休想得到！

母后……妳可會這麼希望？

「七皇子。」

太淵回過神，轉身微笑著說：「這下子，棲梧城有得忙了。」

「是啊。」坐在迴廊邊的紅綃點頭，「皇兄成婚是火族第一等的要事，時間又緊，自然要手忙腳亂的。」

紅綃雙目低垂，似乎有些疲憊，但太淵知道她是在傷心。

熾翼就要娶回舞了，他為了讓愛慕著他的紅綃斷念，不惜娶了那個一無是處的公主。這麼做，何其殘忍決絕，紅綃心裡會痛成什麼樣子？熾翼，為什麼能這麼殘忍？

想到這裡，連太淵的心都有些痛了，那種隱隱約約從紅綃心中傳過來的、一樣的痛苦。

不忍再看著那雙狹長明亮的眼裡流露出不甘和痛，太淵連忙轉開了視線。

扶疏花木的那頭，有一雙相偎而行的身影。熾翼在回舞身畔低聲細語，隔著遠遠的距離，也能感受到那種化不開的密意濃情。

只見回舞拉了拉他的袖子，他伸手在身邊折下了一朵粉色茶花，別在回舞烏黑的髮上，讓嬌美的容顏更添了三分嫵媚。

回舞轉身在水中照影時發現了他們，朝熾翼說了一聲，他卻只是不在意地朝這邊瞥了一眼，旋即就把回舞的臉拉回去，繼續和她談笑風生。平日裡總是飛揚犀利的目光，帶著寵溺，帶著偏愛，專注地看著就要成為他妻子的回舞。

太過了！熾翼，這太過了！就算是為了讓紅綃斷了念頭，又何須做得這麼入木三分，好像……好像你真的對回舞傾心深愛……

不！不可能！熾翼怎麼可能愛著回舞？他討厭回舞眾所皆知，這種程度，怎麼可能瞞得過紅綃的眼睛？

身後傳來幽幽嘆息，那是紅綃。

「回舞皇姐自小就想要嫁給皇兄，總算是得償所望了。」紅綃的聲音淡淡的，像是壓抑了什麼，「聽說皇姐小時候，皇兄極為寵愛她，對她有求必應。其實在皇兄心裡，一直是愛著皇姐的吧！只是皇兄不喜歡被父皇逼迫著娶皇姐為妃，才刻意對皇姐冷淡疏遠。現在他要娶皇姐，算是坦誠了對皇姐的心意才是。」

太淵慢慢地回過頭，看向紅綃。紅綃的神情意外地沒有痛不欲生，只是淺淺的抑鬱。

「赤皇妃……皇姐真是好福氣。」紅綃說，「不知道這天地之間，會有多少顆心為此而碎？不過，這本來就是遲早的事。」

難道他……不是在裝，而是真心的？他真的是愛著……不！不可能的！他只是在假裝！他只是為了傷紅綃的心……紅綃她……

熾翼，你已經夠了吧！你就真的這麼狠心？你明知道傷了紅綃的心，和傷了我的心沒有什麼分別！若是你再過分下去，我一定……一定不會饒過你的！

太淵暗暗咬牙，昏昏沉沉地想著。

「皇兄，你可是故意的？」

「什麼故意？」熾翼挑眉，「難道妳三更半夜，特意找我來妳宮裡，就是要問我這種問題？」

「若是我白天想找皇兄說話，皇姐會願意嗎？皇兄又有時間嗎？」意識到這像是詰問，紅綃及時打住，用埋怨的語氣問道：「皇兄你突然決定娶皇姐，是不是因為那天晚上在棲鳳臺……」

「紅綃。」熾翼笑了出來，「妳覺得我是為了妳的那些傻話，才決定要娶回舞？」

「難道不是？」坐在桌邊的紅綃拉扯著衣物上的流蘇，「皇兄這麼倉促地在這個時候娶妃，紅綃自然會做這樣的聯想。」

「妳錯了。」熾翼在她對面坐了下來，漫不經心地道，「紅綃，妳那些話雖然讓我有些困擾，但是還不足以使我做出這樣重要的決定。」

「皇兄……」

「紅綃，我的性子妳還不清楚？」熾翼目光掃過紅綃身後那排緊閉的長窗，露出微笑，「何況，我已經很清楚地告訴妳了，我對妳的憐惜，只是出於血脈親情，和男歡女愛半點關係也沒有。」

「那你對皇姐呢？」紅綃也不激動，輕聲地問，「皇兄你對皇姐不也只有骨肉之情？之前不是也一直逃避著皇姐，為什麼突然之間又要娶她為妃了？」

「我對回舞？」熾翼略一沉吟，帶著幾分堅決回答，「我對回舞的感情，比對任何人都要深。要是選一個相伴相依之人，我自然會選她的。」

「要是皇姐以後不能為你產下子嗣，皇兄你可會……」

「不會。」這回熾翼連想也沒想，「就算回舞日後不能為我生下子嗣，我也不會再另娶他人為妃。」

「為什麼？」

「這麼簡單的道理，妳怎麼不明白呢？」熾翼一手撫過鬢髮，「照著回舞的脾氣，怎麼能容忍我有其他夫人？我既然決定娶她，就已經放棄了另娶的權利。」

「可皇兄你當日不是對我說，除了能產下子嗣之外，皇姐她沒有一樣比得上我？」紅綃帶淚的眼眸盯著他，「你卻把什麼都給了她，真是好不公平！」

「回舞是比不上妳。」熾翼仔細地打量著紅綃，「她固然容貌美麗，讓人驚豔傾倒，妳卻也雅致動人，更能令人牽腸掛肚。她脾氣暴戾，妳乖巧溫順；她心胸狹窄，遠不及妳體貼大方；她粗心大意，妳細心周到。越是比較，她越是一點也比不上妳。」

「可你還是要娶她，不是嗎？」

「雖然回舞比不上妳，但我還是要娶她。」熾翼斬釘截鐵地說，「因為她是回舞，她註定了是我熾翼的皇妃。就算她有千般不好，也不會改變我的決定。」

「只是這樣的原因……」紅綃把嘴唇都咬出了血，「你就不怕自己後悔？」

「我從不後悔。」熾翼嘆了口氣，「回舞有她的優點，她比不上妳並不代表她一無是處。我娶了她，自然會試著把她當作妻子看待。」

「就算是這樣。」紅綃猶不死心，「難道我對皇兄的心意，你連一點也不願憐惜？」

「妳很明白，我不會娶妳。」熾翼平靜地看著她，「妳還是好好冷靜，斷了這個念頭。太淵對妳情深意切，才是值得妳珍惜的那個人。」

「我不需要！」紅綃的口氣輕柔卻堅決，「就算我嫁給他，也不過是為了成全皇兄的心願。若是他對我一往情深需要珍惜，我對皇兄的感情又有誰來珍惜？」

對他！」

「夠了！」熾翼再也忍耐不住，語氣嚴峻了起來，「我一直以為妳和太淵是佳偶天成，才一力主張把妳許配給他，沒想到妳這樣偏頗，連試著接受他也不願意！他對妳動了真心，妳卻一再傷他，這叫他情何以堪？縱然他如何溫柔無爭，妳也不能這樣對他！」

「皇兄，你一句一句都是為了太淵，太淵是誰？他不過是水族的一個皇子！你連外人都費心關懷，卻對口口聲聲稱作妹妹的我如此輕賤，在皇兄你心裡，他比我重要百倍，這對我公平嗎？」紅綃幽幽地盯著熾翼，「他應該明白，自己和皇兄相比，就如螢火與昊日，我又怎會……」

「閉嘴！」熾翼勃然大怒，「我告訴妳，紅綃，一事歸一事，妳就算如何怨我，也不許扯到太淵身上！妳若是敢在他面前逞口舌之快，看我怎麼收拾妳！」

紅綃縮了縮肩頭，神情中流露出了傷痛。

一時之間，屋中沒有其他聲響，任著鏤金香爐散發出的淡淡煙氣在空中瀰漫。兩人都明白，這一刻過後，他們再也無法心無芥蒂地將對方當作自己的至親手足。

「妳還有話要說嗎？」熾翼起身，「若是無話可說，我就回宮去了。」

說完一拂衣袖，轉身而去。

「皇兄……」

「妳到底要糾纏到什麼時候？我可以告訴妳，就算妳今日自盡在我面前，我也不可能捨回舞而娶妳。」熾翼站在那裡，沒有回頭，「妳聰明的話，就此作罷，我當什麼都沒發生過。妳紅綃依舊是我熾翼的皇妹，火族的公主。」

「我別無所求，只要皇兄你說一聲，我紅綃為你所做的一切，你都會記在心上……」紅綃頓了一頓，「我明白你急著要娶皇姐，只是迫於不能接受我的心意，為了讓我斷了想念……你對我不是毫無情意……」

「紅綃啊紅綃，若是我真的對妳有情，又怎會讓妳嫁給太淵？」熾翼放聲大笑了一陣，然後突然停住，冷冷說道，「紅綃，我若是愛妳，哪怕所有人都不贊同，我也會娶妳為妃！」

「皇兄……」

「夠了沒有！別以為……」熾翼霍然轉身，卻為眼前所見退了一步。

輕煙繚繞的房裡，紅色衣裙在腳邊如鮮花綻放，紅綃拉開繫帶，褪去了最後一件裡衣。

雙手環繞在胸前，長髮半披在身上，美麗無瑕的身軀在空氣中微微輕顫，雪白的肌膚映著黑檀木般的如雲秀髮，眼前的紅綃，美得讓人屏息。

「妳做什麼？」熾翼皺眉斥責，「快把衣服穿上！」

「皇兄，難道紅綃就這麼不值得你憐惜？」紅綃往前跨了一步，閃爍燈火中，一滴清淚順著臉頰滑落。

「紅綃，妳好大的膽子。」熾翼抿嘴一笑，笑容卻是毫無溫度，「我從不知道妳的膽子竟有這麼大，很好！很好！」

紅綃顫得更加厲害，卻還是咬著牙，徑直走到了熾翼面前。熾翼修長的手指抬起了她因為羞澀而燒紅的臉龐。

「紅綃。」他彎腰附到了紅綃耳邊，如同對情人耳語般輕柔呢喃，「妳真的惹火我了。」

輕笑聲中，火紅長鞭已經順著手臂滑下，握在了手裡。他握緊鞭子，就要甩出……登時眼前一暗！

熾翼愀然色變。

「紅綃！」他毫不憐香惜玉地一把推開紅綃，厲聲問道，「妳做了什麼？」

10

紅綃被他一把推倒，長長的黑髮鋪滿一地，潔白纖柔的身軀匍匐在他的腳邊。這種揉合了純潔與嫵媚的引誘，世間又有幾個男人能不為所動？可惜此刻在熾翼眼裡，除了怒火，什麼都沒有。

「香爐裡燒的……」長鞭從手裡落下，熾翼後退了幾步，然後輕輕一晃，單膝跪倒在了地上，「是什麼……」

「有一天，那位七皇子太淵，偶然向我提起了多年前在千水之城發生的趣事。」

婉轉的聲音裡帶著某種說不出的淒涼，「我猜皇兄你之所以從不喝酒，是因為烈酒會令你體內的紅蓮烈火失去控制，而你為了克制這種變化，會耗盡心力，令你神智不清。」

熾翼慢慢抬起頭，汗水從他額頭滲出，他緊盯著眼前緩緩從地上坐起的美麗少女。

「皇兄還記得喝過的『醒春』嗎？『醒春』之所以令人易醉，就因為它是用這種酣然草的灰燼釀造而成。這是西方大野澤的貢物，我在西蠻為奴多年，當然是知道的。」

紅綃細白的手指輕輕撫上他的臉頰，為他拭去了從額頭滑落的汗水。

「酣然草焚燒時，雖然只是散發出淡淡的香氣，但要是之前沒有服用一種特別的草藥，就會像是喝了最烈的烈酒。皇兄你不勝酒力，何況……我還用了雌合歡花的花粉……」

「紅綃，妳瘋了嗎？那是……妳居然……」這個在自己印象裡荏弱無用的紅綃，居然做出這麼膽大妄為的事情來，實在是讓熾翼暗自一驚，「妳知不知道妳這麼做，會有什麼後果？」

他抬眼看了看那排依舊緊閉的長窗，眼神中終於有了一絲動搖。

「我是瘋了。」紅綃纖細的身子窩進了他前傾的胸中，向上仰望著熾翼因為沾染醉意而變得媚惑的容顏，「只有你自己不知道，這個世間有多少人為你神魂顛倒，有多少人為你幾近瘋狂。我一直覺得，與其說翔離是妖孽，皇兄你更像是生來毀滅世間的。」

「妳果真是不要命了……」熾翼費勁地說著，頸邊的赤皇印紅得像要滴出血來，「妳以為這麼做了……能得到什麼？妳現在住手的話……」

「我知道我永遠沒有資格做火族的赤皇妃，可你為什麼要匆忙迎娶皇姐？你為什麼連一絲希望也不留給我？」紅綃看著他，不知道為什麼，那種眼神連熾翼也覺得心中一陣發冷，「我什麼都不要，我現在只是要求你陪我一夜！只是這一夜而已，這樣也不可以嗎？」

兩個人靜靜對視著，一陣笑聲從熾翼唇邊流瀉而出。

「妳對自己也太沒有信心了，這麼美麗的身子，有誰能不動心？」熾翼的表情突然變了，他慵懶一笑，傾身將紅綃壓倒在地，「妳脫光就好，何必再對我用藥？妳這麼柔弱，我可不想像頭野獸一樣，把妳折磨得死去活來……」

原本準備孤注一擲的紅綃，被突如其來的變化嚇到了，開始慌張了起來。再怎麼準備豁出去了，可是她畢竟未經人事。

「放心吧，我不是太淵那個不解風情的傻小子，至少在我還控制得住的時候……我會盡量溫柔一些。」熾翼貼近紅綃的臉龐，豔紅的唇曖昧地在她耳邊游移，「等到了明天，我一定會如妳所願，捨不得把妳嫁給他了！」

拒人於千里之外依舊顛倒眾生的赤皇，現在居然用一種誘惑的、痴狂的表情看著自己！肌膚相貼，氣息可聞，紅綃覺得自己也跟著熾翼一同醉了。

瘋了！真的要瘋了！整個世界都是！

「赤皇大人，您玩夠了吧！」

這個溫和的聲音帶著一陣潮冷的風，毫無預警地占據了蕩漾著濃濃春意的空氣。

在快要被烈焰化成灰的時候，突然一下子浸到了水裡，那會是一種什麼樣的感覺？就像充滿壓抑、恐懼、戰慄，在最可怕的惡夢中掙扎，卻無法醒來的時刻！當紅綃看到這雙眼睛，就有這樣的感覺。

琥珀色的眼裡沒有絲毫冰冷或者憤怒的情緒，背光之下，顏色看起來有些深邃，一如既往地溫和親切，只是比往常多了一些濕氣。

當然不是傷心落淚的那種濕潤，而像是隔著微寒卻不冰涼的水，看到了水面上方的眼睛。

就像是自己漸漸沉入水底，這雙眼睛溫柔而深情地靜靜看著……

紅綃打了個冷顫，徹底地從熾翼造成的暈眩中清醒了過來。

是太淵的眼睛。

太淵，那個似乎永遠溫柔優雅的皇子，她的未婚夫婿，正站在那排長窗前望著他們。

「也許我不該打擾二位。」她聽到太淵一派斯文有禮地說，「但是你們一個即將和我成親，一個馬上就要娶妻，深夜中用這樣的姿態相處，好像有點不太應該。」

紅綃如夢初醒地驚覺自己的樣子有多麼不堪入目，現在的情景又有多麼地荒謬！

她正一絲不掛地被男人壓在身下，而自己未來的夫婿，則彬彬有禮地站在一旁，極為婉轉而含蓄地表達他的不滿。

她直覺想要推開，卻發現熾翼根本沒有離開她的意思。

「我還想著你到什麼時候才肯出來。」熾翼也抬起了頭，看著這個好像永遠要慢上半拍的傢伙，「紅綃如此美麗絕倫，我真怕一個克制不住，就在你眼皮底下把她拆吃入腹了。」

紅綃大吃一驚，這才明白，熾翼自始至終都知道太淵站在窗外。怪不得他三句不離太淵，甚至藉著和自己親近，把太淵從暗處逼迫出來。

「赤皇大人，紅綃公主。」太淵背轉身去，「勞煩二位整理衣冠，夜深露重，小心不要著涼。」

「紅綃。」熾翼又低下頭，用只有他們兩人能聽到的聲音在紅綃耳邊說著，「真是抱歉，今夜我不能陪妳了。不過沒關係，我們來日方長。」

紅綃看向他的眼睛，那裡面隱藏的怒氣足以讓她不寒而慄。

熾翼對她笑了笑，伸手拉過一旁的衣物，蓋在她赤裸的身上。接著他站起身子，也不再理會還躺在地上發愣的紅綃，自顧自地往外走去。

「熾翼。」太淵聽到沉重的腳步聲，連忙回頭，正看見熾翼有些步履蹣跚地推門出去。

「七皇子，我……」

太淵低頭看著腳邊泣不成聲的紅綃，忍不住長長地嘆了口氣。

「我什麼都沒有看見。」太淵也隨著熾翼走出門去，留下了一句，「夜深了，公主好生歇著吧。」

走到門外的熾翼已經騰空飛起，卻又一頭從天上栽倒下來。太淵急忙飛身上前，一把接住了他。

藉著月光，看到懷中的熾翼雙頰泛紅，呼吸也有些急促，太淵拉直了嘴角，面容比方才陰沉了許多。

「你很生氣。」熾翼忍住頭暈，笑吟吟地說，「我從來沒見過你這麼生氣，原來你這傻小子真的生氣起來，是這種怪模樣！」

「赤皇大人，你還笑得出來？」太淵冷冷地說著，「此時此刻，還有更重要的事情值得你擔心。」

「對，合歡花。」熾翼把頭靠在太淵胸前，伸手指向了某個方向，「送我去那裡。」

「那裡……」如果他沒記錯，那裡是回舞居住的宮殿。

「我要去找回舞，反正我們即將成親……」

「不行！」

熾翼愣住了。

雌合歡花的花粉，對於火族的男性是一種強烈的催情藥物，何況他為了壓制體內的紅蓮烈火，根本沒有餘力維持清醒，更別說自己解決。

「我知道你受了刺激，沒想到這麼嚴重。」熾翼捂住嘴吃吃地笑著，「好吧！你倒是說說，我為什麼不能去找回舞？」

「不行……」太淵想到了自己為什麼要反對，「若是你去找了回舞公主，紅綃她……」

熾翼冷冷哼了一聲，眼中燃起了怒火。

「按照回舞公主的性格，若是知道了今晚的事，定然不會善罷甘休。」太淵邊說，邊施展起了隱匿行蹤的法術，抱著熾翼往另一個方向飛去。

「大婚在即，赤皇大人也不希望在這種時候節外生枝吧！」

「你覺得我去找回舞，會害了你的紅綃？」熾翼一把扯住他的衣襟，「或者我該說，太淵，你真是愛慘了紅綃。為了幫她隱瞞，你是不是什麼都願意做呢？」

「不錯！」太淵望向前方，堅定地回答，「為了紅綃，我什麼都願意做。」

熾翼鬆開了手，心裡因為這個意料之中的答案覺得很不舒服。

他們兩個才認識多久？什麼時候開始，紅綃對太淵變得這麼重要？枉費自己對他千般維護，到頭來，他還不是為了根本不把他放在眼裡的紅綃，把自己置於不顧……

熾翼仰頭看著太淵緊繃的下頷，覺得心中充滿了無法抑制的不滿。

「啊！」肩頭突然一痛，原本心無旁騖的太淵差點從空中摔了下去。

熾翼一口咬住他的肩膀，鮮紅的血跡從衣物滲透了出來。熾翼烏黑的眼睛在銀月下泛著暗暗的紅光，自己的鮮血像紅稠的胭脂一樣染紅了他的嘴唇。

太淵不由自主地聯想到了兩百年前的那個夜晚。

那時候，熾翼和六皇兄比試喝酒，神智不清地落進了後花園的水塘……

「太淵。」熾翼的聲音異常地沙啞，「不要回去我的宮裡，帶我出城往東。」

清亮的眼睛開始迷濛，太淵知道熾翼就要神智不清，急忙照著他的意思，出城往東飛去。

「熾翼！」

熾翼猛地翻出自己懷抱，往雲層之下墜落，太淵連忙跟著落下，在半空抓住了他的衣袖。

「放手！」熾翼反手一掌拍在太淵胸口，把沒有防備的他擊飛了出去。

太淵只覺得一陣氣血翻湧，胸口鬱悶難當，只能閉著眼睛任由自己摔往地面。

撞斷了無數樹枝，著地的同時，耳中聽到了落水的聲音。太淵這才知道，原來熾翼是效法當日，跳進了水裡。

可是他這回不只喝了酒……

太淵的心一下子又懸了起來，顧不上眼前還在發黑，掙扎著從地上爬起，跌跌撞撞地往聲音傳來的方向跑去。

水汽升騰中，果然隱約看得到一個紅色的身影。

「熾翼！」

太淵一步踏進水中，一種冰冷徹骨的寒意侵入了他的皮膚，差點一下子就把他凍結住了。

「地陰寒泉！」他驚呼一聲，連忙收回了腳，坐倒在岸邊。

原來這裡就是棲梧東方的地陰寒泉。他一時大意，沒有注意到這一帶到處充滿了寒氣。

地陰寒泉是世間七處地陰之氣彙聚地之一，雖處於陽氣彙聚的南天，卻是寒氣最為強烈的一處。

此地寒氣之盛，連身為水族的自己都有些抵禦不住，何況是火族的熾翼？想到這裡，太淵的臉色都變了。

就在這個時候，周遭的寒氣漸漸消失，顯露出了站在水中的熾翼。他自胸部往下都浸在水中，全身結滿薄霜，潮紅的臉色已經開始泛白，連嘴唇都有些發紫。

看來他是要藉著地陰寒泉的陰冷之氣，壓制自身的紅蓮之火。

隨著熾翼的臉色變得更加青白，泉水的寒氣也不再那麼濃烈，太淵小心地踏足水上，朝熾翼走了過去。

「赤皇大人。」太淵在熾翼的面前單膝跪下，與他平視，「你好些了嗎？」

熾翼覆滿冰霜的眼睫微微一動，睜開眼睛朝太淵看了過來。被寒霜包裹著的赤皇，身上隨時散發著的如火狂傲，似乎隨著受壓制的紅蓮之火消退不少。

站立在眾人之上的赤皇，永遠狂傲熾烈的赤皇，正因為寒冷，雙手環抱著微顫的身體，用如水一般的眼神望著自己。

太淵覺得眼前發黑的情況越發嚴重，致使他頭腦不清地伸手去碰觸水中的熾翼。

「走開！」

就在他的手指要碰到熾翼臉頰的瞬間，僵硬的聲音從熾翼發紫的嘴唇裡迸了出來。

太淵直覺地縮回手，退開了一些，卻沒有依言走開。

「熾翼。」像是怕驚擾到他，太淵輕聲地說，「地陰寒泉對你身體的損耗太大了，你還是……」

「你阻止我碰你的紅綃，又不讓我去找回舞。」熾翼的聲音有些發顫，「只有地陰寒泉可以勉強鎮住我身上的紅蓮之火，讓我有餘力抵制合歡花的藥性。一旦我離開這裡，要是闖了什麼禍事，你的紅綃可承擔得起這個後果？」

如果只是喝了酒的神智不清，或許自己還能控制得住，至多是讓身體沉睡罷了。但神智不清，又被藥物激發野性的赤皇，恐怕會是一場災難。

「也許還有別的辦法。」太淵吶吶地說著。

「有什麼辦法？合歡花只產在雲夢山，一時半刻到哪裡去找雄花的花粉？還是你覺得，有誰能輕易制住發狂的我？」熾翼連目光也變得冰冷起來，「太淵，你可要想清楚，真的鬧到不可收拾，紅綃性命難保。」

聽他這麼一說，太淵果然呆住了。

熾翼看他為難的模樣，就知道他還是最為看重紅綃的安危。

翻騰的熱氣被徹骨的寒冷強壓在體內，順著血脈飛竄，想要尋找宣洩的出口。熾翼最終沒能忍住，一口鮮血噴了出來，炙熱的血液濺在寒泉中，發出嗤然聲響。

太淵愣愣瞪著自己衣衫下襬暗色的血漬，不能相信熾翼竟然吐血了。

看著他慌張的樣子，不知怎麼地，熾翼的火氣消了大半。

「地陰之氣有損無益，你離遠點。明日一早，我自然就會好了。」他閉上眼睛，不想再理會這個只會給自己找麻煩的傢伙。

到底是欠了他什麼？他說不要去找回舞，就真的不去了？他一句話，值得你在這麼關鍵的時候，跑到這裡自損修為？熾翼啊熾翼，你什麼時候變得這麼好說話了？

就在熾翼暗自惱火的時候，身邊的異樣波動引起了他的注意。一雙微熱的手臂環上了自己的腰，然後貼近了一個同樣微熱的身子。

「你做什麼？」熾翼詫異地睜開眼睛，看著和他一樣沉到水中，緊緊貼著他的太淵。

「很冷吧。」皮膚被寒冷的泉水刺得發痛，太淵身上雖然還沒結霜，但是已經很不好受，「我總歸是水族，對寒氣的抵禦要強上許多，你靠著我，多少暖和一些。」

熾翼愣住了。

瘋了嗎？今天晚上，不只紅綃，連太淵也發了瘋……

「你……暖和些了嗎？」太淵聲音一顫。

看著被凍得臉色發白的太淵，熾翼鬼使神差地應了一聲。

暖和？天知道！自己身上可能都比他熱多了，到底是誰在暖和誰！才活了千年，根本沒什麼力量的柔弱半龍，居然對他這個聞名四海的戰將，承襲了強大力量的赤皇說……取暖？這小白痴！

他到底知不知道地陰寒泉對身體的損傷有多重？可……如果不讓他為自己「取暖」，他會很難過吧？

無聲地嘆了口氣，熾翼將臉貼在了太淵的臉上，讓兩人的身體更緊密地貼合在一起。

「熾翼。」

「嗯？」

「熾翼……」

「什麼？」

「熾翼……」

「說啊！」

「對不起。」太淵皺著眉，「我……總是讓你為難……」

「我習慣了。」熾翼微微動了動，覆蓋著冰霜的睫毛掃過太淵的臉頰，「誰叫你是……」

誰叫你是碧漪的兒子？誰叫你是紅綃的丈夫？到底……是哪一個？

「你在擔心什麼？」熾翼看到了他眼中複雜的情緒，直覺地想到他是在擔心剛才的事，「你放心，我只是嚇嚇紅綃，今晚的事我不會追究。」

「不，不是……」太淵移開了視線，「熾翼，你暖和些了嗎？」

熾翼一愣，把頭枕在太淵的肩上，在他耳邊輕聲地說，「傻小子，你身上很暖……」

突然有一點點後悔……

紅綃……配不上太淵……也許，不該這麼倉促地訂下這門婚事……

太淵，你不要娶紅綃了！她配不上你！她還沒有嫁你就讓你傷心，根本不值得你這麼喜歡她！我會幫你找一個最好的、最值得你喜歡的人，你把紅綃忘了吧！

反正你還小，也不急著成婚，這門婚事就算了，聘禮你拿回去，就當什麼事情都沒有發生過好了！

熾翼長長地嘆了口氣。

「怎麼了？」太淵發顫的聲音在他耳邊響起。

「不，沒什麼。」想到剛才太淵六神無主的模樣，他更加用力地摟緊了發抖的太淵。

如果不是這該死的身體，如果不需要那該死的盟約，如果當年沒有答應母后……

那麼，現在自己就可以這麼說：太淵，我不許你娶紅綃！

可惜……

「太淵。」也許是因為寒冷，熾翼的聲音聽起來有些奇怪，「你是不是一定要娶紅綃？」

很自然地，得到了用力的首肯。

熾翼忿忿地閉上了眼睛。

果然喝了酒以後，還是會神智不清。居然，想把這個小白痴的肉一口口地咬下來……

——《焚情熾之情熾》完

番外　藏器以待時・上

奇練是第一個到的。

他抬頭看了裝潢古典的酒樓一眼，匾額上確確實實寫著「幽篁裡」三個大字。

生怕自己找錯地方，他又往後退兩步，退到了臺階下面，對著旁邊牆壁上發著紅光的「道地川味麻辣濃香」八個字發呆。

他聽到店名的時候以為是一家素菜館，誰能想到居然會是火鍋店……

穿著古裝的服務生看他站在那裡，直接迎了上來。

「先生，是來用餐嗎？」

他轉過頭，習慣性地露出了微笑問道：「我想請問一下，附近就你們這一家叫這個名字的餐廳嗎？」

他斯文漂亮，態度又彬彬有禮，正是最得人眼緣的類型。

「是啊！我們在本市沒有分店。」負責接待的女孩子笑咪咪地問：「先生有訂位嗎？」

「是我弟弟訂的，應該是姓……龍？」他猶豫了一下，「我不知道他們到了沒有。」

接待小姐在本子上找了一下。

「似乎沒有姓龍的。您可以報一下訂位的手機號碼。」

「我……忘了帶。」他皺起眉頭，「我在這裡等著好了，他們應該快到了。」

「請您在這裡稍候，我們有免費的接待茶飲，還有點心。」小姐十分熱情地說：「需不需要幫您拿兒童椅過來？」

奇練很明顯地感到，說到「兒童椅」時，趴在他肩頭的「寶寶」突然僵硬了一下。

「沒事，我抱著他就好。」他心裡忍不住想笑，但終究沒有真的笑出來，「他有點怕生。」

「真是個黏人的寶寶。」接待小姐看了看將臉埋在帥哥懷裡的「寶寶」，突然想到：「今天是兒童節，我們有促銷活動，帶一位不超過十歲的小朋友前來用餐能打八折，兩位可以打七折，以此類推，上限是五折喔！」

奇練點了點頭。

他走到門邊空著的角落，轉頭去看一大片沿河坐著的排隊人潮。

大家滑手機的滑手機，聊天的聊天，許多的小孩子在中間跑來跑去，十分吵鬧。

離他不遠的地方，三、四個坐著的年輕女性正盯著他，時不時交頭接耳。

出於禮貌，他給了一個笑容。

沒想到其中一個女孩拿起旁邊凳子上的包包，讓出了一個位子。

「帥哥，要不要過來坐？」

「那個……」他正想該怎麼拒絕才好，沒想到趴在他身上的「寶寶」突然抬起頭，朝那幾個小女生瞪了過去。

「不要！」「寶寶」非常不開心地說。

突然就安靜了幾秒鐘。

然後女孩們「哇」了一聲，立刻圍了上來。

「是混血兒嗎？」

「媽媽是外國人嗎？長得好漂亮啊！好像假的！」

「超可愛！超可愛！」

「萌死啦！怎麼會有這麼漂亮的寶寶！」

可能是因為長時間埋在「爸爸」的懷裡，「寶寶」粉嫩的小臉有些發紅，淺棕色的頭髮軟軟地貼在額頭上。特別是一雙琥珀色的眼睛又大又圓，鼻尖挺直，一看就不是純粹的東方人。

這麼軟萌可愛的洋娃娃，居然還一臉凶狠地瞪人，簡直就是要人的命啊！

「哇！好凶啊！」

「好害怕好害怕！」

她們顯然一點也沒有感受到他的不快，裝得很假。

「他多大了，有三歲嗎？」其中一人問奇練。

「這……」奇練努力維持著平靜的表情，「更大一點……」

「四歲了？五歲？」戴著粉色髮夾的女孩尖叫道：「能不能讓我拍個照？」

奇練委婉地拒絕，對方也沒有強求，然後就問：「寶寶叫什麼名字？」

「叫……小灝。」

「走開！」小灝揮動小手，對這些煩人的雌性相當不滿。

結果當然得到了熱烈的回應。

奇練怕他真的生氣，連忙抓住他的手摟回自己懷裡。

「討厭……就說不想來……」他趴在奇練的肩膀上，軟綿綿地訴苦。

「哇！好愛撒嬌！」

「是不是最喜歡爸爸了啊？」

「是爸爸的小寶貝呢！」

「爸爸」這個詞是什麼意思帝灝當然明白。

「大膽！」他迅速抬頭，大聲反駁：「他是我的——嗚嗚！」

奇練眼明手快地一把捂住了他的嘴巴。

「嗚嗚嗚嗚！嗚嗚嗚！」他用力掰著那隻手，試圖說出真相。

「喲，誰惹我侄子不開心啊？」就在這個時候，突然一個聲音插了進來。

奇練抬起頭看過去，捂在他嘴上的手頓時放鬆下來。

帝灝汗毛直豎，知道自己最討厭的那個人到了。

插話的青年穿了一件改良的中式上衣，輪廓清貴又俊秀，嘴角微微上揚，看起來又驕傲又漂亮，卻一點也不討人嫌。

「明星嗎？」

「哇！大長腿啊！」

又來了個美男，女孩們再度激動了起來。

「孤虹，你來啦。」奇練朝來人微笑。

「大哥。」孤虹點頭打招呼，視線放到了他懷裡的「小灝」身上，「他這個樣子……你最近很辛苦吧。」

「還好。」奇練輕咳了一聲，不好意思地說：「他挺好的。」

為什麼這麼小聲！帝灝有點不開心，撇著嘴，瞪著眼前那個討厭的傢伙。

好想弄死他……

「你最近怎麼樣？北鎮……他沒有一起過來嗎？」奇練覺得氣氛不是很好，急忙岔開話題，「上次他好像傷得很重，沒什麼事吧！」

「他皮那麼厚，能有什麼事？」孤虹一點也沒有體會到他的良苦用心，「說真的，你還是搬來和我一起住，我正好有點事情想要和你……」

「不可以！明珠是我的，他只愛我一個人！」帝灝伸出短短胖胖的雙手，勒緊了奇練的脖子，咬牙切齒地說：「你想都不要想！快、點、滾、開！」

他凶萌凶萌的樣子簡直可愛得要命，圍觀的女孩們又一次被萌翻了，甚至旁邊還有人在偷偷錄影。

但是這氣勢只維持了幾秒鐘。

啪！

「你幹什麼？」奇練連忙捂住帝灝的額頭，往後退了一步。

「一時沒忍住。」孤虹收回了彈過西天帝君腦袋的那隻手：「罪臣大逆不道，簡直罪該萬死。」

但是他臉上一點也沒有害怕的樣子，居然還得意洋洋的。

帝灝抱著自己的腦袋，一臉茫然。

「痛嗎？」奇練幫他輕輕地揉了揉，看到他發紅的腦門，有點心痛。

「痛！」帝灝扁著嘴，把額頭更湊近一點。

「真的嗎？」奇練懷疑地看了孤虹一眼，「你做了什麼？」

「哎呀！小寶寶在撒嬌啊！」

「小朋友嘛！親親就不痛了！」

「對啊對啊！」

沒等孤虹回應，旁邊的女孩們已經說穿了帝灝的意圖。

帝灝滿懷期待地看著他。

奇練裝作沒有聽到，繼續朝孤虹說道：「你打他做什麼？他現在就是個……受了傷的……」

他說了一半，不知道該怎麼說下去，如果直接說「寶寶」，帝灝肯定又要不開心。

「我一直很仰慕帝君，難得有機會親近，所以一時得意忘形。」孤虹勾起嘴角：「大哥你這麼緊張他，真讓我感到羨慕，真恨不得……」

不過說到這裡，他突然停了下來。

「做什麼！」孤虹抬起手，板著臉說道：「你發什麼瘋？」

奇練這才注意到孤虹小指上用紅繩勾著一個透明玻璃球，裡面裝了水，一條墨綠色的小魚在裡頭游來游去。只是他的衣襬袖子都很寬大，所以才擋住了沒看見。

此時那條魚正在亂蹦亂跳，把玻璃球撞得咚咚作響，看上去十分激動。

「這不是一起來了，怎麼不早點說？」奇練隔著玻璃球打了個招呼：「北鎮師，好久不見。」

小魚貼在玻璃壁上，慢慢滑進水裡，吐出了一大串泡泡。

孤虹冷眼看著，突然笑了一聲。

「這麼開心！」他把球在手上拋了拋，又搖了兩下，「是不是開心得『要死』啊？」

小魚身不由己在玻璃球裡摔來摔去，一副柔弱可憐的樣子。

「哎呀！怎麼這樣！」

「翻肚皮了，好可憐啊！」

「沒事。」孤虹不慌不忙地朝圍觀人群解釋，「不是真魚，就是個玩具。」

他拎著玻璃球輕輕晃了一下，那條翻肚的小魚突然活了過來，一下下地用魚鰭划水，動作有些遲鈍，看起來不大自然。

「我就說！養真魚的水很髒，怎麼可能用這個裝？吃喝拉撒都在裡面啊！」

「不過這個好可愛，不知道哪裡有賣？」

奇練突然受到了觸動。

「這也挺好的。」他看著那個玻璃球，覺得這主意真的不錯，就在扁著嘴的帝灝耳邊問：「既然你不喜歡變成人形，不如以後也這樣……」

「才不要，蠢死了。」帝灝不屑地看著玻璃球，「我要讓明珠抱著我！」

小魚突然僵住了，一下子沉到了水底。

「哎呀故障了！」

「看來品質不太好。」

一群人圍成了一圈，盯著那條溺水的「玩具魚」，七嘴八舌地討論著。

「怎麼這麼熱鬧？」有人在問：「你們在這裡幹嘛？」

大家一起回頭看了過去。

高挑的青年瞇著眼睛，散漫地站在那裡。

他穿著黑色襯衫，嘴裡叼著菸，敞開的衣領裡隱約露出了顏色豔麗的紋身。一雙腿又長又直，腳上穿了一雙黑色夾腳拖，褲管往上捲起，露出一段雪白的腳踝。

他用長長的手指夾著菸離開了嘴唇，然後輕輕吐出了一片雲霧，偏紅的唇色綻開一抹漫不經心的笑容。

恰好一陣風吹過來，露出了掩藏在瀏海之下的紅色挑染，和那雙狹長又深邃的眼睛……

「你怎麼這個樣子？」孤虹一臉嫌棄。

「我怎麼了？」熾翼用手往後撥了一下頭髮，踩著拖鞋走了過來。神態懶散，卻有種說不出的魅力。

「也沒人管管你。」孤虹嗤笑一聲：「堂堂的……」

「你怎麼那麼多話？」熾翼走到他身邊，在玻璃球上按熄了菸，把菸蒂彈進一旁的垃圾桶。

孤虹瞪著他，玻璃球裡的小魚吐出了一串泡泡。

「你們怎麼一見面就……」奇練急忙打圓場。

「哇！好般配！」

「這對我吃！」

「那邊的哥哥也不錯，傲嬌系和溫柔系的……好難選啊！」

「哈哈哈哈！」鬢邊挑染著紅色的青年突然笑了出來，轉過身朝偷偷將他們配對的年輕女孩們說：「我沒有和他虐戀。我們這種應該叫歡喜冤家，因恨生愛。」

女孩們頓時尖叫起來。

「你！」孤虹頓時有些破功，臉上湧起了憤怒：「想在這裡跟我動手？」

小魚又開始咚咚地撞玻璃。

氣氛突然緊張起來，偏偏這個時候不知從哪裡吹來一陣大風，原本晴朗的天空湧起一陣陣烏雲，像是要下大雨了。

在這個時候，有個小小的身影衝了過來，撲到熾翼的長腿上。

那是個穿著綠色恐龍帽衫的孩子，他帶著哭腔說：「熾翼，你怎麼可以不等我！」

「因為你腿太短了。」熾翼抬起長腿，想把他從腿上抖掉，「放開我，很熱！」

「不要！」那個孩子抬起頭來，約莫七、八歲的樣子，一張白淨的小臉上滿是委屈，眼睛裡還帶著淚花，一副特別容易勾起別人憐惜的乖寶寶模樣。

「我很乖的，你別不要我。」

「別太過分了。」熾翼瞇起眼睛說：「我待會還要吃飯呢！」

「喔……」太淵不情願地鬆開他的腿，卻還是揪著他的衣角，轉向另一邊問候道：「大哥好，六哥好。」

他一出現，孤虹和奇練同時往後退了一些，此刻和他相距甚遠不說，臉上的表情也都不太自然。

「太淵。」奇練終究比較心軟，做出了回應，不過神情之間也是有些敷衍的樣子。

孤虹只是「哼」了一聲，轉身走進店裡。

天空的烏雲和出現時一樣，突兀地散開了。

「熾翼……」太淵失落地說：「看來六哥還是很討厭我。」

「活該。」

「不過沒關係，反正我也很討厭他。」太淵自說自話，「只要熾翼喜歡我就可以了。」

熾翼充耳不聞，朝奇練走了過去。

「奇練，你累不累，要不要我幫你抱一會？」他笑咪咪地說：「帝君位高權重，你一直這麼捧著他一定挺累的。」

自從他們出現，帝灝一直趴在奇練肩膀上，一副已經睡著了的樣子。

「多謝，不用了。」奇練避開了熾翼伸過來的手。

「這麼客氣做什麼？」熾翼不依不饒，一隻手搭到了帝灝背後，「上次大家分散得匆忙，我也沒有好好向帝君道別，實在是有失禮數。」

「啪！」奇練迅速把他的手打開。

「你倒是寶貝著他。」熾翼收回手，臉上的笑容半點都沒有減少。

「別鬧了。」奇練皺著眉頭，「若是惹惱了帝君……」

「怎麼，難道他還會不看你的面子，把我毒死不成？」熾翼懶洋洋地拉了拉帝灝那件小熊貓連帽衣上的耳朵，「帝君啊！你日後娶了奇練，我們也就算是親戚了，一家人別這麼見外啊！」

帝灝頓時有了反應，他轉頭看了熾翼一眼，並沒有生氣的樣子，而是矜持地嗯了一聲。

「太淵見過帝君。」太淵在旁邊立刻說：「如此場合，不能好好跟帝君行拜見之禮，還請帝君恕罪。」

「恕你無罪。」因為太淵的表情認真自然，他又和自己一樣受太和印的影響變回了幼年之體，帝灝終於從被嘲諷的陰影裡略微擺脫了出來。

但是話一說出口，他的臉色又沉了下來。

無他，實在是這聲音太過幼稚，有損威嚴。

「好了，我們先進去吧！」察覺到他情緒低落，奇練急忙說道：「別老在這裡站著。」

「也好。」熾翼低頭對太淵說：「你先跟奇練進去。」

「你呢？」太淵眨著眼睛。

「我到那邊抽根菸。」熾翼從口袋裡掏出一包菸，「待會就進去。」

奇練覺得太淵這個纏人精不會答應，沒想到他乖乖點頭應是，走到自己身邊說：「大哥，我們進去吧！」

奇練點了點頭，跟著他進了店裡。

沒想到一跨過門檻，太淵臉色就變了。

「大哥你先去。」他面無表情地說：「我還有點事情。」

奇練知道他無非是那點心思，也沒戳穿，就抱著帝灝先走進去了。

太淵聽到帝灝在問奇練出了什麼事，奇練回答「又開始了」之類。不過他才管不了那麼多，立刻仗著個子矮小，藏在大門的石鼓後面偷偷盯著。

熾翼第三根菸抽到一半的時候，他等的人終於到了。

那人走到他面前，拿走了他手裡的菸。

「惜夜。」那人微笑著問他：「好端端地，怎麼染了這種習慣？」

熾翼才剛剛露出笑，還沒來得及說話，就被那人身邊有著雪白皮毛的動物，用眼神和動作表達了無言的鄙視。

熾翼和那隻巨大的薩摩耶犬對上了視線，他一口氣走岔，劇烈地咳了起來。

「你、咳咳、怎麼這樣?哈哈哈哈、咳咳咳!」他一邊咳一邊笑，周圍的人都看了過來。

熾翼眼淚都笑出來了，他扶著旁邊的大樹，彎下腰喘著氣，好不容易才緩過勁。

他清了清喉嚨。

「真是抱歉，我只是……」他捂住了嘴：「沒想到，他的原形居然是這樣。」

說完又開始笑。

「惜夜。」優缽羅無奈地搖了搖頭。

那隻薩摩耶犬用看傻子一樣的目光看著他，讓他笑得更起勁了。

「大家都到了嗎?」優缽羅沒有辦法，試圖轉移話題。

「奇練和孤虹他們都來了，東溟和蒼淚還沒到。」他翻了個白眼：「八成是東溟又在磨磨蹭蹭，就他事多。」

「太淵他……」

「不是在那邊嗎?」熾翼朝大門一指，神準地指到了從石鼓後面探出的半個腦袋。

太淵索性大大方方地走過來，先和優缽羅問候，然後輕聲對薩摩耶犬說了一聲：「叔父。」

薩摩耶犬倨傲地點了頭。

熾翼又被戳中笑點，笑得說不出話。

「不如我們先進去吧。」太淵嘆了口氣。

優缽羅點點頭，對著笑個不停的熾翼欲言又止，牽著薩摩耶犬走到了火鍋店門口。

「不好意思，先生。」接待小姐同樣為眼前的絕世美貌所傾倒，依然不得不對他說：「我們有規定，不得帶寵物進入用餐。」

跟在後面的熾翼又發出了悶笑。

「那……」優缽羅露出了為難的神色。

「不如您把牠留在這裡，我們會安排人看著，等您用完餐再過來帶走。」接待小姐提供了一個選擇。

她一邊說，一邊忍不住看了看這隻薩摩耶犬。

總覺得和一般的薩摩耶犬不太一樣呢，有種高貴冷漠的氣質。

尤其嘴巴抿得很緊，一副不開心的樣子，超級反差萌！

「是我考慮不周，就不麻煩了。」優缽羅說：「我去把他託付給附近的朋友好了。」

「等等！」熾翼攔住他，指著旁邊的看板：「你記得帶個孩子過來，可以打折。」

接待小姐頓時有些凌亂。

為了打折帶個孩子過來什麼的……更令她驚訝的是，那個異常優美的大美人，居然沒有猶豫，隨意地點了點頭。

點頭是什麼意思，真的會帶個孩子來嗎？

大美人走了之後，那個張揚的帥哥和乖巧小朋友就進了門。

「你這麼做，必定要惹他不快。」小朋友憂心忡忡，完全就是小大人的樣子，說話還文縐縐的。

「怕什麼？難道他會咬我？」那個帥哥又在那裡笑。

「他其實挺記仇的，你莫要忘了，他之前一直瞞著你尊者已經……」

「說到這件事我就生氣，他把我當什麼了？」帥哥立刻翻臉：「不行！太淵你得想個法子，給我好好報個仇！」

「這個我也是……」

「那我要你有什麼用？」帥哥一臉嫌棄。

「這個我也是一定有辦法的。」小朋友拉著他的手，臉紅紅地討好說：「我一定幫你。」

他們消失在樓梯那邊，接待小姐才把目光收了回來。

今天的客人，真是挺奇怪的……

她剛轉過身，卻看到剛剛說去朋友家寄放薩摩耶犬的大美人，居然已經從前面轉角回來了。

還真的抱著一個小朋友……朋友真的住的很近啊！是帶著朋友的孩子過來打折嗎？總覺得很奇怪……

大美人已經跨進大門，她連忙迎了上去。

「先生，是在三、三樓……包、包廂。」接待小姐突然結巴了一下。

走近了她才看到對方手裡抱著的小孩子……

穿著古裝的小孩子，好帥啊！好像在不開心，臉上一點表情也沒有。但是那個眼神……真的好帥！

「謝謝。」

在她內心還在尖叫的時候，大美人抱著古裝小朋友從她身邊走了過去。

「等、等一下！」不知哪裡突然有一陣寒風吹來，她一個激靈，清醒了過來。

大美人十分和善，立刻就停了下來。

「那個，不可以帶寵物。」她指著大美人的外套口袋，「我好像有看到小動物……是倉鼠嗎？」

「啊，不是的。」大美人對她綻放了一個笑容，讓她心跳都要停了。

從口袋裡拿出來的是一個巴掌大的玩具，一隻薩摩耶犬模樣的小狗玩偶。

「只是個小玩意。」他把玩偶塞給了懷裡的小孩子，「這個可以吧？」

「當然！我剛剛可能是眼花了。」接待小姐不好意思地說：「真是抱歉。」

「沒什麼。」

小孩瞪著那隻塞過來的狗狗玩具，表情嚴肅，慢慢地鬆開手，似乎想將它丟到地上。

「拿好了。」大美人突然親了親他的額頭。

那個小孩雖然還是沒有什麼表情，也沒有說話，但眼睛亮了一下，抓緊了玩具狗的耳朵。

優缽羅上了三樓，被帶到了最大的包廂門口。

推開門走進去，裡面的人都看了過來，他環視一圈，發現蒼淚居然已經到了。

「東溟帝君呢？」他看了看，確定那位真的不在，「你一個人來的？」

「別提了。」蒼淚坐在沙發上翻了個白眼。

「還在鬧彆扭？」熾翼站在窗戶邊，輕蔑地說：「不就是現出了原形，這裡誰沒有原形啊，怎麼就他使起性子來了？」

「你知道他就是那個樣子。」蒼淚按了按額頭，「對他來說算是出了大醜，大概還要一陣子才能緩過來，你們千萬別在他面前提起那事。」

大家想起當時的情形，神情都有些異樣，也只有帝灝毫無顧忌地哈哈大笑起來。

他坐在沙發裡笑得東倒西歪，身旁的奇練無奈地扶住了他。

「帝溟那個沒用的傢伙。」他用稚嫩的聲音說道：「還指望他支撐陣式？我看索性讓他把太和印交出來，下一回就讓我當陣眼！」

大家原本都看著他，但聽他說了這話，就有志一同地移開了目光。

「大膽！你們這是什麼態度？本帝君一定要……嗚嗚嗚！」他說到一半，又被奇練捂住了嘴。

大家左顧右盼，權當沒有聽到看到。

「東溟帝君不在，這事也不好談。」太淵看著蒼淚，「他可有交代什麼？」

蒼淚嘆了口氣，從口袋裡掏出一支……手機。

大家的視線都集中到手機上。

「這是什麼？」帝灝問。

他來到人世不久，對科技產品並不瞭解，奇練便告知他這是現時人類使用的通訊工具。

他的解說告一段落後，帝灝發出了疑問：「所以，我們為什麼要出來？用這個說話不就行了？」

大家陷入沉默，最後視線落到獨自坐在圓桌邊的孤虹身上。

「我住山上沒訊號。」孤虹翻著菜單，「想要連接人世網路，得用法力設陣維持。你們那兒都還正常嗎？之前你們那裡也是青鱗設的，如今他這個樣子，按理說陣法應該都停了。我嫌麻煩懶得去弄，就乾脆喊你們出來見面。」

被他放在桌上的青鱗吐出了一串泡泡，哀怨地貼著玻璃。

「原來如此。」優缽羅看著身旁的寒華，「但是出來之前，我那邊還挺好的啊。」

寒華搖了搖頭，提著手裡的小狐狸給他看。

那隻小狐狸玩偶此刻恢復了柔軟活潑，雖然被抓著尾巴，依然試圖往優缽羅身上撲過來。

「是小石的功勞啊！」優缽羅想要把牠接到手裡，卻被寒華避開了。

寒華抓著小狐狸朝向自己，四目相對，那隻小狐狸立刻露出討好的神態，低頭舔了他的手一口。

寒華皺起眉。

「我早就把青鱗的陣法替換掉了，所以我們沒有斷網。」太淵拉著熾翼的手，向他邀功。

「你不就是怕他背後使詐，所以不想用他的東西。」熾翼毫不留情地拆穿，然後朝桌子走過去，「不過孤虹，為什麼要吃火鍋？」

「因為你不喜歡吃。」

熾翼停了下來，兩個人隔著沙發互相凝視。

「他們怎麼了？」奇練不太瞭解狀況，小聲問站在旁邊的優缽羅。

優缽羅輕聲嘆了口氣，把寒華放在沙發上，朝兩個人走了過去。

「我倒是挺喜歡吃的。你不喜辣味，就點鴛鴦鍋吧。」他對熾翼說：「就當是陪我吃一頓。我還帶了自己釀的酒，寒華幫我做的，最是適合搭配著火鍋喝了。」

「是嗎？」熾翼一秒鐘就變了笑臉，「那我要多喝一些，你可帶夠了？」

孤虹哼了一聲，繼續翻著菜單。

「足夠大家喝的。」

「那人齊了。」太淵拍了下手，指著角落，「我去把椅子搬過來。」

角落裡的兒童椅，進入了大家的視線。

小孩子有兩個，椅子只一張。

沙發上帝灝和寒華各踞一端，冷眼看著對方。

寒華動了動嘴角，鬆開手，他手裡的小狐狸噠噠跑了過去。

帝灝一巴掌把小狐狸拍到一邊，小狐狸咕嚕咕嚕滾到了茶几下面。

「哎呀！」奇練趕忙去撿那隻狐狸。

「無瑕。」寒華伸出雙手，說出了今天的第一句話：「你過來。」

優缽羅愣了一下，還是依言走了過去，把他抱了起來。

「讓他坐。」寒華趴在他耳邊說，「你抱我。」

優缽羅被他柔軟的聲音震懾到了，直覺地點頭答應。

「我不要！」帝灝驚覺對方竟然如此無恥，急忙喊道：「明珠明珠！」

「怎麼了？」奇練沒抓住那隻四處亂竄的小狐狸，聞聲轉過頭來看他。

「本尊不坐那個！」帝灝氣得要命：「絕不！」

「那我……」

「你們二位倒是體貼。」熾翼突然在旁邊說：「如今這樣的愛侶不多見了。」

帝灝拿眼睛瞪他。

寒華冷著臉，看著那張兒童椅。

「無瑕，你把我放過去，我坐。」

「那本尊坐一下，明珠你坐在本尊旁邊。」

他們兩個人幾乎同時開口。

聽到對方的話，他們四目相對，一個刺骨一個凶狠，包廂的氣氛突然緊張起來。

叮叮叮！

「怎麼這麼麻煩？」孤虹用筷子敲了敲桌上的玻璃球，發出清脆的聲響，「你們兩個也是，他們說什麼就是什麼，不覺得煩嗎？」

玻璃球裡的小魚充滿委屈地看著他，那兩道視線也轉移到了他的身上。

穿著恐龍外套的太淵噠噠噠地跑了進來。

「去哪了？」熾翼揪了一下他的帽子。

「去幫帝君和叔父要椅子。」他仰著頭，一臉求表揚。

「機靈。」熾翼誇獎了他。

他開心地抱住了熾翼的大腿。

服務生從外面拿了兒童椅進來。

「請問放在哪裡？」

「兩張放一起吧。」孤虹指著自己對面：「不能吃辣的都坐那半邊。」

「本尊……」帝灝剛要反對，又一次被奇練捂住了嘴。

「各位要什麼鍋底可以先點，配料直接用平板電腦下單就可以了。」服務生放好兒童椅，對這一屋子洗眼睛的漂亮客人說：「有什麼不清楚的可以按上面的呼叫鍵，會有人過來服務。」

「鴛鴦鍋，辣的朝這邊。」

服務生點單之後走了出去。

「我不吃辣。」奇練抱著帝灝坐到孤虹對面，將他放在身邊的兒童椅上，轉身對優缽羅說：「那你坐那邊……」

「無名喜歡吃辣。」孤虹指了指自己左手邊的位子，「坐這裡吧！」

寒華沒有說話，但是整個包廂的溫度驟然下降。

孤虹一點也不在意，指著奇練身邊的位置，「蒼淚你坐那邊去。」

「熾翼，你也不能吃辣，我們坐這。」太淵把熾翼拉到那張空著的兒童椅旁邊，然後對優缽羅說：「尊者，你把叔父放過來吧。」

「剛誇你一聲，你就要耍小聰明了嗎？」熾翼點了一下他的腦袋，然後說：「無名，我坐在奇練旁邊，你坐在我身邊，剛好也能吃到辣的。蒼淚你就往旁邊坐一個位子。」

「熾翼，那我呢？」太淵抱著他的腿，生怕被丟下的樣子。

「你不是要孝敬長輩嗎？」熾翼抖了一下腿，把他甩下去，「照顧好你叔父。」

孤虹冷笑了起來。

「赤皇大人，這裡可不是棲梧。」他用指節叩了叩桌子，「不是你說了就算的地方。」

「難不成是你說了算？」熾翼挑眉看著他：「如果是那樣，這裡就是千水了？可就算是千水，你也做不得主吧。」

「放肆！」寒華冷冷喝道。

小狐狸跳到他的頭上，也做出了凶狠齜牙的表情。

「你們怎麼了？我坐哪兒都可以的！」優缽羅急忙說：「位置也沒什麼要緊，不都在一張桌子上嗎？」

「不行！」

「不行！」

「不行！」

三個人異口同聲說完，場面陷入了僵持。

「明珠，我要吃那個。」只有帝灝絲毫不受影響，指著桌上的花生說：「你剝給我吃。」

「好。」奇練好脾氣地把那碟煮花生拿到了面前。

包廂裡迴盪著奇練剝花生的聲音。

蒼淚趴在沙發靠背上，露出一雙眼睛看著這邊。

「要是你們不服氣，可以打一架，誰贏了聽誰的。」熾翼慢條斯理地捲起了袖子。

「我會怕你不成？」孤虹敲了一下手邊的玻璃球。

寒華抿著嘴，室內的溫度一直在下降。

飯還沒吃，桌子眼看著就要翻了。

優缽羅按了按額角，對於這種一見面就要發生的例行吵架覺得十分困擾。讓他們這麼折騰下去，別說談事情，就連坐下來都沒辦法。

「都別吵了，我來安排座位，快點坐好吃飯了。」

最後，孤虹依然坐在主位，然後依次是寒華、優缽羅、熾翼、太淵、帝灝、奇練以及蒼淚。

除了孤虹略有微詞，其他人都還算滿意，照著安排坐了下來。

優缽羅坐好之後，孤虹就把點菜的平板遞過來說：「你要吃什麼自己點。」

「點那麼多？」他看上頭已經點了不少，就問孤虹：「吃得了嗎？」

「沒事，挑你喜歡的點。」孤虹揮了揮手，「有蒼淚呢！」

一直很低調的蒼淚正在吃花生，聽到自己的名字，抬頭看了過來。

「他胃口好，多少都吃得完。」孤虹跟優缽羅說：「不用怕浪費。」

蒼淚本來想要反駁，但還是洩了氣，繼續低頭吃花生。

「好吧。」優缽羅低著頭看菜單，又覺得不對，「為什麼點的都是魚？」

「我喜歡吃魚。」孤虹面不改色地喝了口茶。

他放在桌子上的青鱗沉在水底，一動不動。

顯然又吵架了。優缽羅微微一笑，不去管他們。

小狐狸跳上桌子，跑到他手邊，兩隻前爪在平板上亂拍一通。優缽羅把平板舉高，牠還蹦蹦跳跳地想要去碰。

「寒華，你要吃什麼？」

寒華搖頭，指了指桌上的茶水。

「那熾翼……」他轉到另一邊。

「我看看。」熾翼也不伸手接平板，直接把頭湊了過來，「幫我點香菇、秀珍菇……算了，直接點蕈菇拼盤，還有這個豌豆苗。」

「七公子有什麼喜歡吃的嗎？」

「不用，我跟熾翼吃一樣的就好了。」太淵趴在桌沿看著他們，一副可憐巴巴的樣子：「我口味也很清淡的。」

熾翼看了他一眼，沒有拆他的臺。

「奇練你……」

「本尊要吃上次那個脆脆的！」帝灝搶著說。

經過這麼一會，加上寒華坐在那裡看樣子比自己更傻，他迅速接受了自己的新造型，把屁股底下的兒童椅坐出了長生殿裡那張帝位的架式。

「什麼脆脆的？」優缽羅沒聽明白。

「就是那個脆脆的，咬起來很有勁。」帝灝看向奇練：「明珠，就是你上次給我吃的那個啊！」

奇練愣了一下。

「那個……不好吧！咬起來挺費力的，你現在……」他支支吾吾的。

「本尊的牙齒好得很！」帝灝張開嘴，露出了整齊的兩排米粒小牙給他看，「什麼都能咬得動。」

「這裡沒有……」

「沒有就叫人去買，方便得很。」孤虹接口說：「既然帝君開口，怎麼好讓他掃興？」

「本尊要吃。」帝灝對他點點頭，又說：「本尊還要喝可樂。」

「所以是什麼？」優缽羅問。

奇練呼了口氣，終於說了出來。

「涼拌海蜇。」

蒼淚被花生嗆到，用力咳了起來，餘下眾人表情各異。

「對，就是海裡的什麼，本尊以前都沒有吃過，想必是後來衍生的物種。」帝灝喜孜孜地說：「這些年人類的吃食真豐富了不少，就這點他們也有點用。」

「好了，蒼淚你要吃什麼？自己點吧！」優缽羅遞出平板，打斷了這個有點危險的話題。

蒼淚正要伸手接過，他放在桌上的電話突然響了。

鈴聲相當特別，是一種清脆的碎裂聲，一聲又一聲，聽得人頭皮發麻。

「什麼怪聲音？」孤虹露出了嫌棄的表情，「你有毛病啊！」

蒼淚手忙腳亂地拿起手機，滑到了接聽。

「是，都在。」他對著電話那頭說：「沒有，怎麼會欺負我……」

說著說著他看了帝灝一眼，壓低了聲音，含糊地說：「剛坐下來。就這樣，我先掛了……什麼？不要吧！有結果我跟你說……那等會開始談我再給你打電話……啊？」

他無奈地抬起頭，對大家說：「東溟現在就要和大家視訊。」

蒼淚接通了視訊通話。

「東溟？」帝灝看著裡面那擋住整個螢幕、鑲滿寶石的浮誇面具，第一個出言嘲諷：「你果然沒臉見人了啊！」

「我是個有自尊心的人，不像有些人絲毫不懂羞恥二字如何寫。」面具的眼睛上只有一對小孔，裡頭隱約露出了眼珠：「蒼淚，你把螢幕轉一轉，太嚇人了，我不要看他。」

「你最多事。」蒼淚雖然嫌棄，還是按著他的話轉了一圈，然後用裝花生的盤子把手機頂著放在面前。

對面正是太淵和熾翼。

「帝君好。」太淵笑咪咪地看著手機裡的東溟：「您恢復得如何了？我本來想去牧天宮看望您，只是您看我的樣子，實在是不好意思這樣登門。」

東溟壓根不理他。

「吃火鍋？誰出的主意，火鍋有什麼好吃的？」他看了看桌子：「蒼淚，我要吃鳳爪、章魚、泥鰍和魚。」

「別瞎鬧，你又不在這裡。」蒼淚對著平板點了一通，然後跑到門口去喊服務生。

熾翼靠在椅背上，太淵在幫他倒水。

「帝君，這樣不好吧，我們怎麼就得罪你了？」

「你們這些無恥的傢伙，看到本帝君頂不住，一個個撒手就跑，還有臉問我？」

隔著面具和螢幕，東溟的怨恨都能溢出來。「我差點被你們害死！」

「我們也是能力有限，如今除了臉也沒剩下什麼，不過帝君你嘛……」

「熾翼！」

「帝君別生氣，熾翼和你說笑罷了。」太淵放下茶壺，又幫熾翼拆筷子，同時打圓場，「要不是帝君神勇，以一己之力擋住了陣法反噬，我們哪有機會圍坐一起？等等我們還要敬帝君一杯，以示謝意的。」

東溟冷哼一聲。

「不過東溟，你吃他們就算了，為什麼要吃章魚？」帝灝撐著桌子，把頭湊過去看著手機，「章魚是什麼？好吃嗎？」

「你不是章魚嗎？軟趴趴又有很多隻腳。」

「放肆！本尊乃是石鏡之靈，怎可胡亂羞辱我？今日我要你的命！」帝灝拿起手邊的調羹就要扔手機，還好被奇練一把搶住了。

「你這個老傢伙今年不知道多少歲了，還好意思端著這副模樣出來丟人現眼。」東溟想起當時的情形，頓時心裡恨得要命。明明說好了同時撤力，這無恥的帝灝竟然比自己早了一步，他忍不住又罵了一句：「卑鄙！」

「你不也提前撤了，還有臉罵我！」帝灝看穿了他的想法，嘲笑說：「我不過是比你聰明那麼一點點，不然真信了你的鬼話，就要跟那個小東西一樣折在裡頭了。」

「閃鱗怎麼樣了？」優缽羅聽到這裡，才想起問蒼淚：「不是說沒有生命之憂嗎？」

「生命之憂是沒有，不過還是要很長時間復原，好在我們那裡還存了不少靈氣充沛的法寶，把他放在裡頭養著就行。」

「那就好……」

「熾翼你還要吃什麼？」趁他們吵起來，太淵伺機拿平板站在熾翼旁邊，一本正經地問：「點一份蝦滑好嗎？」

「我不愛吃那個，有沒有別的？」

「這個推薦的腰片呢？」

「什麼腰？」

「點了吃點吧！」孤虹不懷好意地說：「畢竟你年紀大了，以形補形說不定有用。」

熾翼臉色一變：「你再說一遍！」

「以形補形嘛！你年紀大……」

熾翼突然轉過頭說：「西天帝，孤虹讓你吃點腰片，他說你年紀大了要補補腎。」

正和東溟吵架的帝灝眨了眨眼睛。

「什麼是腎？」他歪著頭問：「好吃嗎？」

「我可沒說西天帝您。」孤虹急忙辯解：「我是說熾翼！」

「這裡最德高望重的不就是西天帝？」熾翼勾了勾嘴角，「你怎麼能把我置於西天帝之前，簡直是大不敬。」

「對啊！為什麼給熾翼吃不給我吃？」

孤虹一時無言以對，只好默認了。

「明珠，腎好吃嗎？」帝灝抬頭問奇練。

奇練只能胡亂點了點頭。

「我要吃！」他朝孤虹露出了嘉許的表情，「小六，你不錯。」

孤虹尷尬地朝他笑了笑，但轉過來的臉一陣扭曲，熾翼得意地朝他拋了個挑釁的眼神。

「喂！帝灝！」東溟在手機裡大叫：「我還沒有說完！」

「可樂呢？」帝灝已經從吵架這事抽身出來，對雜音聽而不聞，「明珠，我餓了！」

「那我下單啦！」太淵對大家說。

他正要按下確定，旁邊伸出一隻手，在特選羊肉那欄選了個勾。

太淵愣愣抬頭，熾翼已經把頭轉到另一邊和優缽羅說話去了。他控制不住地咧開了嘴角。

「好了好了，我去跟他們說快一點。」他一邊笑一邊抱著平板跑了出去。

「帝灝！」東溟喊道。

「奇練，那個給我拿一下！」

「帝灝！」

「啊——」

「不要臉的老東西……」

「你不如省點力。」蒼淚慢吞吞地提醒東溟，「也沒見你吵贏過他，倒是每次都被氣得半死。」

手機那頭傳來了摔碎東西的聲音。

太淵回來的時候，抱了一大瓶可樂。

「沒有冰的了。」他一臉無奈。

「要冰的！」帝灝拍了下桌子，然後指著對面說：「你，冰一下。」

寒華揪著那隻不停亂動的狐狸，冷冷地看著他。

「你不是寒氣化的嗎？」帝灝低頭對著站在兒童椅旁邊的太淵說：「拿過去給他冰一下。」

整個包間的溫度突然降了幾度。

「我不熱，是要冰可樂！」帝灝催促太淵：「拿過去給他，別浪費法力啊！」

「可是……」太淵很為難的樣子。

「七公子，拿過來吧。」優缽羅說話了。

太淵走過去，將可樂放在他和寒華之間的桌子上。

「吃辣配涼的比較有滋味。」優缽羅對寒華說。

寒華把手放在可樂上，可樂瓶外面頓時結上了一層白色水霧。

「還好有你在。」優缽羅笑著把可樂給了太淵。

「嗯。」寒華點點頭，拿起面前的茶水喝了一口。

小狐狸在桌子上跳著，想要扒拉他的茶杯。

「物是人非！」熾翼看著這一幕，感嘆了一句。

稍後，帝灝看著奇練往杯子裡倒可樂，小聲嘀咕：「我喜歡家裡那種玻璃瓶的。玻璃瓶的好喝。」

然後他抱起杯子喝了一口，喝完打了個嗝，一臉開心的樣子。

接下來一段時間，帝灝一直在哇哇大叫，然後問東問西，整個包間內迴盪著他的動靜。

「他以前就這樣嗎？」蒼淚湊近手機，輕聲地問：「跟我想的不太一樣。」

東溟冷笑了一聲：「他可能在印澤裡頭吃多了毒草，把腦子毒壞了。」

「無名。」熾翼舉起空杯。

優缽羅這才想起自己帶了酒，從袖子裡取出一個小罈。

「咦？」帝灝立刻震驚了，「這是什麼本事？」

優缽羅就穿了一件普通的外套，袖子不寬，帝灝根本沒看清楚他是怎麼做到的。

「這是個小法術，叫做袖裡乾坤，是早些年我跟地仙學來的。」優缽羅一邊說，一邊打開了酒罈。

碧綠色的酒液倒進杯子裡，一陣清雅香氣在屋中散開。

「這等美酒，也該配個好杯子喝。」熾翼端起酒杯，在鼻端聞了聞，原本陶醉的表情突然僵住了，「這酒……」

「這是我照著一張古方釀的，說是上古時傳下，叫做『醒春』。是吧寒華？」

寒華點了點頭。

熾翼看著杯裡的酒，一時間喝也不是，不喝也不是，臉色都有點發綠。

過了一會，他把視線從杯子上挪開，落到了一旁的太淵身上。太淵不明所以地回望著他。

是了……太淵他不知道……

熾翼那顆心剛剛準備放下，突然聽到一旁有人「咦」了一聲。

「這酒……」孤虹把酒杯拿到手裡，低頭聞了一聞：「我好像喝過。」

「應該是吧！」優缽羅把倒好的酒遞給奇練，「寒華說這方子原本就是水族傳下來的。」

「味道的確有些熟悉。」奇練也聞了一下，看向孤虹問道：「是不是墨錦釀了送來過？」

「墨錦是……」優缽羅第一次聽到這個名字。

「我們兄弟之中排行第五。當年百夷作亂，父皇下令非純血皇子不得留在千水，他便遷往西面的大野澤……」

「說那些做什麼？」孤虹不耐煩地打斷奇練，「都是些陳年舊事。」

奇練看了看面前桌上的青鱗，便一笑住了嘴。

優缽羅疑惑地低頭看向寒華。

「回頭告訴你。」寒華抓著奔向酒杯的狐狸。

「明珠。」帝灝拉奇練的衣服，「給我喝那個酒。」

「這怎麼……」

「就一口！」帝灝仰望著他，「我想嘗嘗！」

抬頭哀求的帝灝殺傷力太大，奇練有些動搖。

「帝君，這酒勁力太強，您如今將靈氣收斂，恐怕消化不得，一口就要醉倒了。」

優缽羅幫他解了圍，「我等會兒拿一瓶讓您帶回去，待恢復了再喝也不遲。」

「好吧。」帝灝點點頭：「我不會白喝你的，晚些讓人給你送點回禮。」

「謝過帝君。」優缽羅好脾氣地道謝。

「我想起來了。」孤虹轉了一下手裡的酒杯：「熾翼，這酒我不是跟你喝過嗎？」

「有嗎？」熾翼把酒杯放到桌上，「我不記得了。」

「雖然時間很久了，不過我不會記錯的。」孤虹嘖了一聲：「那年我在宴上逼你喝了三杯，本想讓你露出醉酒的醜態，還是被你逃脫了。」

「是嗎？」熾翼餘光瞥見太淵表情微變，心裡有些不安。

「就是喝了大野澤送來的這種酒，不過那時候的還要濃烈一些。」孤虹抿了一口，「你當時也是硬撐著走出去的，後來聽說倒在了外頭，不是嗎？」

「菜怎麼還沒有來？」熾翼對太淵說：「你去催催。」

太淵點點頭，往外面走去。他走得很慢，中間又回頭看了一眼，稚氣的臉上若有所思。

熾翼背上汗毛豎起，連忙端起酒杯喝了一大口。

就像孤虹說的，這酒比當年墨錦釀的清淡多了，但也遠較尋常酒水醇烈，入口雖不顯，一到胸口卻燒灼起來。

熾翼一時間臉頰生熱，臉上都顯出了紅暈。

「這酒挺烈的，你慢慢喝。」優缽羅見他一口下去就臉色酡紅，急忙說：「等吃了東西再喝吧！」

那邊太淵剛走到門口，配料和鍋底就都送過來了。

四、五個服務生端著托盤走進來，鍋底放在桌子中間，食材一盤盤地圍繞在一旁，整整擺了兩個矮架。

「那個是我的。」帝灝看到那盤海蜇，連忙說：「拿過來！」

涼拌海蜇被放到他面前，奇練暗地裡嘆了口氣。

「那是什麼？」對面手機傳來了東溟的聲音。

奇練心裡咯噔一響。

帝灝毫無所覺地用勺子去舀，但是海蜇滑溜，勺子舀起來很不方便。奇練沒有辦法，只得用筷子幫他夾了一些到碗裡。

「帝灝，你在吃什麼？」東溟又問。

「你又吃不到。」帝灝咬了一塊，在嘴巴裡吱嘎吱嘎地嚼了起來。

「蒼淚，他在吃海蜇？」

蒼淚撇了撇嘴，輕輕嗯了一聲。

東溟爆發出一陣誇張的大笑。

「哈哈……海蜇……哈哈哈！你居然吃海蜇……哈哈哈！」他笑得連話都說不清了。

帝灝終於被他笑得引起了好奇心。

「你笑什麼?莫不是沒得吃，氣瘋了?」

「帝灝，你真的被關傻了嗎？」東溟終於止住了笑：「居然如此饑不擇食，什麼都肯吃。」

「哎？」帝灝低頭看了看碗裡透明的海蜇。

「你當年和我說，之所以要滅卻半神，是因為他們天生獸性混濁，非但平白耗費天地靈氣，還會同類相殘，實在是令人作嘔。」

「呸！我才沒說過！」帝灝轉過頭，「半神挺好的！」

他一副心虛的樣子，不過在座眾人倒是心知肚明。

西方天帝灝和東方天帝溟都是太古之神，他們所論及的「半神」，指的並非水火二族之外的半人半神，而是一切胎卵濕化之生靈。

也就是說，在座除了他們兩個以外，都在「半神」範圍之內。

這又涉及到太古時的一段公案，如今再回頭去看……按照凡人的說法，想來堂堂西天帝君的臉必然是很痛的。

「可如今你在做什麼？」東溟終於逮到了嘲諷的機會，怎麼能不好好利用？

「海蜇和你是同源之物，你自己吃……」

後面突然沒聲音了。

「吃飯吧！」蒼淚收回手，對大家說：「談正事的時候，我再開聲音。」

「東溟他說什麼？」帝灝皺著臉，「什麼同源……」

奇練清了一下喉嚨。

「先下耐煮的東西。」孤虹端起一盤蘿蔔倒進白湯鍋裡，「帝君你可要嘗嘗這個，吃了以後百氣消解，對身體有好處。」

「我不喜歡吃爛爛的菜。」帝灝拒絕了，「我喜歡爽口的，像這個海蜇……奇練，這個到底是什麼？」

「嗯……就是海裡的……」

「一種海裡的動物罷了。」熾翼開口幫他解了圍：「東溟帝君的意思應該是指帝君與此物都是源於大海。」

「海裡的東西很多，大多難吃又奇怪，我不喜歡！」帝灝皺著臉，「明珠，我不要吃魚！早吃煩了！」

奇練從善如流，把夾起的魚片放到自己碗裡。

「東溟那傢伙就是喜歡無事生非。」帝灝用勺子舀了海蜇丟進嘴裡，「你怎麼能每天都對著他，但是又不想打他呢？」

他問的是蒼淚。

「我認識他的時候，他就已經是這樣了。」蒼淚老實地回答：「再怎麼說，我也打不過他。」

「我可以幫你。」帝灝想了想，「等我恢復之後，我們過了天羅，我幫你打他！」

「就不勞煩帝君了。」

「那我就為了自己打他好了。」他把海蜇嚼碎嚥了下去，然後說：「看到那張臉我就心煩，什麼臉不用，非要用那張，存心惹我生氣！還有從前那些事……我打他也是應該的！」

「但是之前……」你們不是已經打了一架嗎？把昆侖山都打裂了……

「之前我破印澤而出的時候受了傷，用不出全力。」他再一次強調：「明珠，我跟你說過，帝溟根本就不是我的對手，兩個他也不行！」

奇練點了點頭。

——番外〈藏器以待時．上〉完

高寶書版集團
gobooks.com.tw

BL022
焚情熾之情熾

作　　者　墨　竹
繪　　者　Leila
編　　輯　林紓平
校　　對　任芸慧
排　　版　彭立瑋

發 行 人　朱凱蕾
出　　版　英屬維京群島商高寶國際有限公司臺灣分公司
　　　　　Global Group Holdings, Ltd.
地　　址　臺北市內湖區洲子街88號3樓
網　　址　www.gobooks.com.tw
電　　話　(02) 27992788
電　　郵　readers@gobooks.com.tw（讀者服務部）
　　　　　pr@gobooks.com.tw（公關諮詢部）
傳　　真　出版部　(02) 27990909　行銷部 (02) 27993088
郵政劃撥　50404557
戶　　名　三日月書版股份有限公司
發　　行　三日月書版股份有限公司/Printed in Taiwan
初版日期　2019年8月

國家圖書館出版品預行編目(CIP)資料

焚情熾：情熾 / 墨竹著.-- 初版. -- 臺北市：高寶國際, 2019.08-
冊；　公分. --

ISBN 978-986-361-715-0(平裝)

857.7　　108010395

三日月書版

三日月書版

GOBOOKS & SITAK GROUP©